滄海叢刊

種籽

向陽著

1980

東大圖書公司印行

滄海叢刊

種籽

向陽　著

1980

東大圖書公司印行

種籽
編號 E 83134
東大圖書公司

行政院新聞局登記證局版臺業字第〇一九七號

中華民國六十九年四月初版

© 種 籽

基本定價壹元陸角叁分

著作者 向 陽
發行人 莊 剛 彰
出版者 東大圖書有限公司
總經銷 三民書局股份有限公司
印刷所 東大圖書有限公司
臺北市重慶南路一段六十一號二樓
郵政劃撥一〇七一七五號

獻給
所有心懷家國擁抱鄉土忍受寂寞勇於承擔的
朋友

座右代序

面對文學，我只願也只求是，一株銀杏樹，用愛的導管吸汲土地的水份，來充實並增強內斂傳統的木質；藉智的篩管澄濾天空的養料，去開濶並拓延外融現代的韌皮；而在根莖向下紮植和果葉望上結育中，以詩爲形成層，分裂、增生於春夏，休歇、合成於秋冬，一圈一圈勉力呈現出我生命的年輪。

面對歷史的榮辱和人間的喜悲，我自勵且自責是，一粒種籽，深情地在廣濶的空中飄播，去尋找適合紮根繁殖的崗哨；勇敢地向苦澀的大地泅進，來鼓舞逐漸結育長成的號角；而在崗哨的固定和號角的悠揚中，以詩爲傳令的觸鬚，爬行、滾進於地壤，爆破、迸射於天宇，一步一步努力印證出我中國的血跡淚痕。

——戊午中秋・岡山燕巢・時為陸軍工兵上等兵

種籽　目次

輯二　愛貞篇

輯三　種籽十行

輯四　大進擊

輯五　鄉里記事

輯一　暗中的玫瑰

——深草足供掩護請捻熄星光
唯鬱黑是一切衆色的出航

暗中的玫瑰

當夜晚來到黃昏已經側身
陰風望葉梢肆行單兵攻擊
深草足供掩護請捻熄星光
唯鬱黑是一切眾色的出航

唯玫瑰迂迴轉進暗中開放
某種步履緩若汙水之流沙
通過淺灘有燈火全數淪落
愛與恨分明都在子夜形成

當時是可以不哭的如果夜
仍舊照常營業如果花髥鬍
依稀扮成薔薇科落葉喬木
愛是至死猶活只要恨也在

愛是衝入敵陣後反覆射擊
陰風潛行草在夜霧中泣淚
至於玫瑰的葉刺分屍遍地
至於黦紅之花在暗中凋萎

——六十六、九、十五・溪頭

黦：紆屈切，音鬱，黃黑色也。按韋莊詞：「淚霑紅袖黦」，謂色著濕變斑也。此處借以形容主色。

夜過小站聞雨

越過廣垠的原野無聲的夜
翻過暗黑的山巒無語的夜
靜靜落下是天空陰冷的臉
徐徐逼來是海洋鹹濕的淚

海洋的淚躲進窗中那臉上
天空的臉逃入眼前那燈內
燈在夜裏徐徐翻過那山巒
夜在燈裏靜靜越過那原野

種籽 —6—

靜靜越過小站陰冷的牆垣
徐徐翻過小站鹹濕的簷樹
列列廊柱閃若無情的刀影
幽幽落葉飄似旅人的歎喟

歎喟迅即被黑夜的嘴吞噬
刀影仍舊隨細雨的睫揮舞
燈在夜裏不屈地靜靜昇起
夜在燈裏委曲地徐徐離去

——六十六、十二、十四・臺北樹林

青空律

霧雲雨露都是虛華的假面
秋夏春冬無非浮麗的步姿
所謂弱水，原有艷色三千
廻映方塘之上你獨取一瓢

不容許絲毫陰霾染汚衣襟
只等待左右日月輝耀睛芒
你是碧血鎔鑄的史頁丹青
恬淡舒濶地垂覆任人仰望

種籽 —8—

也許是青山最高峯的巍峩
宛如頷頤翻閱的巨擘擱在
長宋纖細的字題上，或者
更多莫名的血墨沒沒而終

你若無情則必與沙石俱灰
你若有情則將隨花草濺淚
所以每一顆流星都不埋怨
唯蔚青是你的最初和完結

——戊午穀雨・高雄小港

悲回風

從草與風雨纏鬪的歷史中
大地和天空漠然保持寧靜
自愛的準星裏我觀察秋葉
以仇恨掙離挽留它的枝梗
我也觀察殞星無助的長嘆
梟鷹如何向昆蟲勒索狙擊
但不屈的是流過夜的水聲
衝破閶闔的牢網衝向黎明

種籽 —10—

而所謂飄搖是湖中的浮萍
所謂淪喪是站不穩的脚印
從簡册或者更粗陋的繩結
到剪報甚至更直截的耳語

在風雨裏我回頭觀察種籽
以及種籽尋訪土地的射程
那自寒酷裏瞿然立起的熱
那在鬱黑中冷然迸放的光

——六十七、九、十五・岡山燕巢

歲月跟著

歲月跟着馬蹄不停地跑
滴答的秒針是蹄的聲音
馳過了三月的青翠森林
馳過了兒童亮着的眼睛

歲月跟着犂耙沉穩地耕
雍容的分針是犂的鋒刄
翻閱着六月的綠色大地
翻閱着成人粗糙的掌紋

歲月跟着猫爪偷偷地移
緩慢的時針是猫的脚步
躡走了九月的天光雲影
躡走了老者眼角的水霧

歲月跟着永恒輪廻地繞
圓柔的鐘面是生命的枷
熟透的花果在十二月凋
土底的種籽則開始抽芽

——戊午年立冬・桃園虎頭山

竹之詞

一如花在寒冽的風前綻放
我們筆直傲立於萬仭高岡
苦吟是松柏的個性和喜好
翩翩逍遙我們且放膽歌唱

振翅高飛乃鳥之理所當然
飛走了再不回來也是一樣
凡山河必會豎耳靜靜聆聽
所有落葉蕭蕭喟歎的神傷

但飄零並非從此失去方向
仇恨是陷入就突不破的網
在陽光裏眞正的飛鳥含淚
唯土地是枝葉休憩的夢鄉

闃闇中我們以不凋的根莖
向寒冬尋索更深固的土壤
隱忍那霜雪的陰鬱和殘暴
咬牙等待雨後新筍來張望

——六十八、十二、三・臺北

從冬天的手裡

從冬天的手裏　你黯然飄落
你黯然飄落　在疾走的街上
在疾走的街上　天空最寂寞
天空最寂寞　而你微覺悲涼

而你微覺悲涼　向陰寒長巷
向陰寒長巷　有人仰頭盼望
有人仰頭盼望　屋簷和晚餐
屋簷和晚餐　而你提供流浪

而你提供流浪　給燈前的蛾
給燈前的蛾　最冷冰的夢想
最冷冰的夢想　是打開窗子
是打開窗子　而你從此淪喪

而你從此淪喪　在沉沉晚夜
在沉沉晚夜　你找不到故鄉
你找不到故鄉　冬天正嚴酷
冬天正嚴酷　而你昇成星光

——六十八、十二、十四・臺北

長巷

這時有人剛從你對頭走過
雨落著落在他微傴的身後
瓦簷下是陰黯而溼漉的牆
再過去整排巷子越擠越縮

然後是深夐但集中的一點
自那人來處默默張成圈圈
你走向他起始出發的世界
微寒雨落而那人漸行漸遠

若你回頭那人也向你來處
一樣集中一樣深敻的路途
雨微落着落向你身後的圈
那人則走入你來時的初步

而他是否也與你同感異詫
這溼漉巷弄裏你們的微差
在雨中隨風墜落的兩瓣葉
是否也爲相互的飄零驚訝

——六十八、十二、廿三・臺北

輯二 愛貞篇

——即使只是野菰一株，我一路
突破夜黑，引妳仰望第一顆啓明

瀑布十分

通過隧道，溪流就展開了
右後方第三格車窗
不捨地抓住吊橋，有人
從橋上緩緩走過
而橋向我們追來
柴油火車正載我們離開
只有水聲，匆匆而漠然流去
把那人的簑笠留在
我們心中擱淺著的

溪流身邊偉岸的山裏
偎著我妳的髮和妳神色
鈴聲一般，笑著帶些許羞澀
輕輕流墜，慢慢飄落
我屹立不動，妳緊緊靠著

最好我們沿軌道走，不妨也
偶而和沙石野草爭路
前方天色灰濛，遠處雨
偷偷迎候，但我們來處
破雲陽光仍在脈脈相送
向老人，我們問詢正確的時刻
「這是寒冬哪，你們儘管
　前去，想又是漫山青草囉」
在風裏我們默默偎依，未來

是潺潺不斷的山青水流

所以牽妳的手，挽留妳跌落
用我堅實的枝葉，引領妳走
向歸宿的潭心
妳之投入我相思葉覆的鑑鏡

俯角好呢或者仰角
我們的形影和愛情
泡沫或水流都溫柔地衝過山稜
紛紜嘈雜中我們抿唇傾聽
山和水深深交握的堅貞
就是俯角吧！把土地也攝入
只准一片天光，三五雲影
逗留我們的鬢絲染我們頰暈
而且一定得發誓可以印證
我們的冲刷只應土地而生

妳細弱的雙足要擱在小石上
我將脚浸到冰冷的水流裏
如此便是十分相敬了
我聽妳歌妳且在眼中測我脈搏

潭上的虹影從鬱紫開始消失
我們選擇荒蔓的小路
陽光漸漸融在黃昏裏，沿著軌道
一路回去，枕木輕脆地咬住
我們的歌，花是明春就開了
但通過隧道，雨又落了
那簑笠悄悄在斜風中飄
那老人的臉紋靜靜在岩壁上滑
那潭影，在灰暗的車廂裏
流火一樣，我們睜眼就眨著亮著

——六十七、十一、三〇・桃園虎頭山

菊歎

所有等待，只爲金線菊
微笑著在寒夜裏徐徐綻放
像林中的落葉輕輕，飄下
那種招呼，美如水聲
又微帶些風的怨嗔
讓人從蕨類咬住的小徑
驚見澄黃的月光，還有
傍晚樵夫遺下的柴枝
冷冷鬱結著的

褪了色的幽淒
走過總是垂髮低頭，故意
是裝不來的，林外的溪水
緊緊攀著草葉的幾滴淚
此刻在風中，瓦解了
妳問我浮萍的邏輯
那就是吧，露珠向大地
沉墜的輕喟。而菊
尤其金線菊是耐於等待的
寒冬過了就是春天
我用一生來等妳的展顏

——六十七、十二、二・桃園虎頭山

海笑

當然妳不會不知道
沙灘的柔脆要微帶些
浪濤炙烈的愛撫冷靜的冲激
像唯一的花蕊，笑在晚夜
只要一點點哀悲就夠了
其後是垂髮覆額的雲
雲邊戀棧的星
妳可以聽到漁火在海上說
我將爲妳效死

永不脆弱，愛是雨夜猶亮的光

那時請容我站立，在妳身旁
不被擊倒，護妳的肩胛像海浪
護住沙灘，容我輕輕吻妳
所有冠瓣以及珊瑚
在中國，最落寞的岬角
容我流血，容我爲妳戍守
香火，琉瓦，一撮泥土幾杯清茶
便任何遺憾也都無怨了
並且容我執戈以衞
妳每一寸肌膚，兼及妳的瑕疵

——六十八、元、三·中壢龍岡

野渡

只需要一些些空白
讓我不必想起，你的離去
天空逐漸昏暗了下來
只需要一絲絲微光
可以鑑照遠帆，還有遠帆
旁邊我們卜居過的小屋
讓足跡延伸成金黃的沙洲
通過風浪，讓你記得
江村的炊煙，晚夜的爐火

籽　　種　—30—

竈下檢柴撥灰的我

讓你記得我的粉黛
我烏汙的唇色，因你的熱吻
留下一點點悲羞，留下
渡口擱淺著的長長的等待
如野茫茫的葦草一般啟闔
一齊灰白，像霧一樣籠著沙洲
但通過風浪，你可還記得
這整片土地山河，我們都曾愛過
還有江旁數桅小舟
還有等你歸來暗中點燈的我

——六十八、元、四・中壢龍岡

庭階

爲我們，站滿杉樹的翠谷
撐起一片富足的天空
悠長，展延，並且擴張
到無限，像海浪
嘩然給出了最寧謐的港岸
我們身後，提防一樣
伸擁而來兩臂灰綠的屋簷
也垂直勾勒下妳我
最溫暖的笑紋和唇線

敎時間靜默，泊靠青石階前

泊靠在溪頭，冬季微寒午后
迎迓陽光，疲憊而滿足地坐下
像驛車的輪，斜偎
木窗底下微露歉意的牆
像青翠並生而分枝相隨的
兩株細竹，只藉落葉悄聲傾訴
一切觸及我們的土地
牽繫，提昇，而又穩實
到永遠，一如磐石
我們原是逐級而上的庭階深固

——六十八、三、五・森林溪頭

旅途

我們同時到達小站，天已夜了
野菰們排隊等待着
黎明出現，軌道一直走入
燈火落盡的南方，妳指點我
烏鬱的山羣背後，就是花蓮呢
彷彿可以聽到山裏千噚濤聲
隱隱叩問，我們的行程
而旅客漠然走過，一切喧囂寂然沉落
妳眼裏粲熠如星，若是野菰

一路我爲你舖陳夢的路徑

沒有終點，連一聲歎息也不會聽見
我願是卑微皎白一野菰
傲然引妳奔向黎明，以我的昂首
承載妳，承載妳的綻放以及偶而
妳的淚落，要是在黑夜
這樣闃闇淒寂的晚上，請緊緊跟我
走過山峯，走過沼澤和森林
還有梟鷹忿鷙的眼睛
即使只是野菰一株，我一路
突破夜黑，引妳仰望第一顆啟明

——六十八、三、八・中壢龍岡

信痕

依稀記得，霧中的山水一樣
微雨下我們聯手走過那些歲月
如今是百合葉脈上滾盪的水露了
收到昨夜妳血絲輕濡的信
戰士的我拋眼到營舍旁
一湖暗鬱而漣漣粲動的波光
默默想著：豈非緣定嗎
選擇我，許是妳錯誤
走向妳卻是我莊嚴的喜樂

而不禁望著逸去的雲笑了

月光正努力滌洗碧海似的青空
斜靠窗邊，熄燈號吹過且已寂滅
營區傳喚著衞戍的脚步，口令
偶而一陣陣槍器撞擊的響聲
我重又一字字細讀微傷妳的心情
遙望漆黑闃闇的野原，緊貼著
地平線上細弱孤獨的星辰
含笑我淚吻妳不小心滴染的血痕
埋在潔白而黯淡，百合香的信箋裏
像逼近的山水，遠行的霧雨

——六十八、四、二十・中壢龍岡

燈前

偷偷地我站在崗哨裏
昏黯幽寂的角落，右手執槍
向冷漠的野原，左手捏住
妳的信，稍息在背後
這是午夜，最最難忘曾經
濤聲如今是風吹寒林，如今
野火曾是岸上閃爍的塔灯
我看一遍唸一段，妳的信中
那首唱過的歌，唸一遍看一段

想像妳在溫柔的燈前念著我

在溫柔的燈前——想像妳
正打開面南的窗，仰望天邊
一顆流星瞬目而過。或者
唱那首歌，邀微寒的風伴和
若妳向南方，那風便是我
便是如今我在崗哨裏偸偸唸
偸偸唸著曾經我們都喜愛的歌
但妳知道嗎？此刻夜已深深
野原走入更爲低垂的天際
我在昏黯的角落念著燈前的妳

——六十八、六、一・龍岡

過山

這是夏末，再高一點就是秋
再高點，路會銜垮天空的下顎
山一排分散開去，又一排
橫阻過來，白雲躲在山背嗤笑著
這時我去尋妳，怕不是時候
彷彿一切的路都十分突兀
一切的樹都是陌生，彷彿斜刺裏
奔出的一隻鳥——那種驚心
那種眼見一潭止水，繞個彎

竟是溪流淙淙的不分不明

我只好一頁一頁翻著山，一頁頁
也耐心檢視稍縱卽去的森林
三分青綠而七分黃熟，風動
影搖，我如何同妳訴說
這一路顚簸的心情？如何
見到妳而不忘忑，娓娓
朗誦這一路壓根兒也沒準備的
風景？又如何向妳證明
路通過平穩的橋後，我回頭所見
兩座山巒交頸而親的愛情

——六十八、九、十三・花蓮吉安

雨箋

不要在雨中，在雨中
請不要隨便離開我，不要
在雨中像紛飛飄零的葉
擅自離開枯枒，絕決地墜落
請讓我保有妳一些溫熱
一些哀傷也是好的，讓我
猶如草原，在雨中承受
妳的淚珠和泣唾，但是
不要離開我，不要在雨中

讓我感覺兀立風寒的那種消瘦
也不要妳感覺，在雨中
也不要妳感覺花葉落地的聲音
而要妳從風裏，聆聽出
一枚貝殼，甚至貝殼
在海中翻滾的波瀾壯濶
或者茶葉，茶葉在溫水的杯裏
逐漸舒坦開來的微微喜樂
然則在雨中，請不要隨便
離開我，不要離開我們的貝殼
以及牆角剛剛沏賚的茶火

——己未冬至·臺北

愛貞

終有一天我們將再度
與泥土結合，乾坤輪轉
那時水的妳與火的我
會是互相擁抱的同源嗎
會是咬破地表的春筍
我們一起面對風雨，在彼日
也一起抗擊炙熱的陽光和陰冷的夜
而不相互抱怨嗎？妳不用
答覆，自妳堅定的眼中

勁竹向藍空喊出了最柔的一聲愛

不是落葉的情緒，也不關流水
在最後的季節證明所謂
初衷，有一天我們和我們的
愛，都要歸屬於大地
那時草必腐滅，一切聲音
繽紛的顏色也必然同時隱退
而在磐石和菟絲之間
妳可以無需選擇，終有一天
液體的妳與氣體的我也必
與泥土凝成最堅貞的固體

——六十八、十二、廿七・臺北

輯三

種籽十行

——我飄我飛我蕩，僅為尋求固定
適合自己，去紮根繁殖的土地

問答十行

——跫音之一

深山的盛夏，一朵雲
悄悄避開烈日的追擊
隱入高岩上，蘭花的蕊裏
叩問：松子
何時？走過

盛夏的深山，一陣雨
遠遠掀起狂風的裙裾
飄到小徑中，落葉的脈上

回答：幽人

昨日！已眠

——六十五、七、十・森林溪頭

血帘十行

——跫音之二

站在高聳入雲的樓巷底下
找尋沾着故鄉泥土的鞋
昨夜追逐一輪明月
忘了未穿襪子的脚
被玻璃碎片戳出戀夜的血

右邊六樓的小窗亮起了燈
抬頭是異地雨着的夜
漆黑中傳下溫暖的酒令

燈後想是妻兒歡晏，燈前
窗邊緩緩闔上雪亮的帘

——六十五、七、十・森林溪頭

楚漢十行

——跫音之三

夜讀項羽本紀，無奈地
批成繁花遍地，想當初
必有眾星閃熠，要不然
烏江北畔不至騅止風起
父老江東飲泣

午后下一盤棋，壯烈地
將得車馬失蹄，看今朝
總是小卒得意，卽使是

偷渡楚河難免炮熄漢地
將帥猶存餘悸

——六十五、七、十・森林溪頭

山色十行

未到初秋而天已涼了
蟬聲漸漸寂寂走過
小徑那邊，楓葉僉僉
竊據了啄木嘰喳的論戰
彳亍是一種孤獨的溫暖
彳亍是柳杉的一種落寞
帽以青天鞋以大地
衣以堅持的常綠

但風雨每期期以爲不可
天已涼了而未到初秋

——六十六、九、一・森林溪頭

飛鳥十行

黃昏時候我來到水湄。
我是來自北方，遲歸的雁鳥，
兩翼負載沉痛的鄉音，一路劃下輕喟的軌跡，
彷彿陰森的冰雪，當我逃離，獵犬的爪痕，
一仍覬覦：我向風寒斷羽。

此刻星稀，我在水湄休憩，
螢飛蟲鳴，草木青郁，浪波引燃花香……
呵這曾是我，早已失落，沒有柵欄的過去。

但待明晨日白天青，我即用翅膀證明：
飛翔以及天地，是以我選擇棲居。

——六十六、九、五・森林溪頭

森林十行

所有路巷皆婉轉在我們腳下罷了！
除了背負以及支持天空，
淚珠或者唾液，都無礙於站姿。
生長，但尤其仰望，讓飛鳥自眼中奔出
我們的足掌何等愛恨交錯地抓住泥土！

即令風窺雨伺雷嘲電怒，笑是無辜的。
我們仍可以戰鬥，用耳鬢廝磨。
如果門只一扇，開窗同樣見山，

不妨我們挺腰直立，任令路巷紛紜，
至於論辯，大可交付激水與亂石。

六十六、九、七・晴翠溪頭

孤煙十行

一舉手即可丈量天地嗎？
在隱匿林木、疲乏於相互擠撞的沙礫中，
只爲某種水聲，如是我聞：
烏青地，你緩緩站起，
也不睬身後的天際正放百千萬億大光明雲。

所以一投足乃見炙火成水。
你迅行疾馳，風向西北西，林木復甦，
爾時一切業報山川一切色皆來集會，

水聲潺潺，無盡天地開展，
唯地平線俯首，合掌而退。

——六十六、九、八・晴翠溪頭

沼澤十行

那時所有妳離家出走的血液，
流浪在虞美人草的小徑上，
並且攜帶了三行心事，
緩緩向我的亡魂提及——
尚未出世時我們美麗的殺戮。

而此際妳是已默默閤下眼睫了，
以便拒絕我背裂的凝視。
河川闢成清寒的公共場地，

所以只有讓沼澤來印證——
冰冷的唇我們吻遍的今生。

——六十六、十、五・晴翠溪頭

原野十行

夜已靜謐，濃黑緩緩落下來，
燈火一旋身，便將秋燃成滿天稠墨，
在風裏，我們是行進的一羣，
面向北西北，步步爲營，
闖入醜陋且黯鬱的世界裏。

仰著頭，吸吮早降的雨露，
站直身，標出鋼鐵之經緯，
我們是迅速殲敵的一羣，爬行滾進，

用血與淚染綠行過的土地——
沙石土礫只好隱身，等待白日降臨。

——六十六、十、十五・大林中坑

夜空十行

除了披覆之外，我們別無選擇。
山陵舒坦胸腹安寧地躺下，
行經河川，城市在右村莊在左，
路巷匯集了威武，進駐寬廣的平野，
只有燈火，閃爍的流彈，曖昧在北風裏。

一種棲止，無關乎行色，
我們苦於被仰望，甘於受剔責，
鳥飛樹上啼，蟲墮水中泣，

我們包容所有污池與濁穢，
也在冷中壯行者神髓。

——六十六、十、十六．大林中坑

殘菊十行

森林是漸漸顯得退後了，
站在乾燥的黃土高原上，
仰望遠藍的天空，南奔的飛鳥，
高聲地，我伸張脆弱的雙手呼喊：
山河讓開，讓我滾出一片晴翠原野來！

只聽到西風隱入塵沙裏浪笑，
只看見塵沙追迫着寒霞，
毅然褪下一身白而豐美的羽冠，

靜默地，望南我俯下臉容——
森林逼近，晚露迅速潤洗着黃土……

——六十六、十一、廿二・高雄小港

草根十行

即使是再莽撞再劇烈的剷掘，
我也會柔曲著體幹忍受。
原不善於面對烈日陰雨的，
你踢走了我藏身的泥沙，
還留我一地石礫灰白……

所以只要晚露在闃闇中降臨，
我便默默伸出觸鬚，覓尋泥土，
從事另一次紮根，艱苦而愉悅的旅行。

如你再度來到，唇角捺著一撇諷嘲，
我歉然還你媚綠的微笑。

——六十六、十二、十六．臺北樹林

疏星十行

——宛如之一

宛如夜中有人提燈
自窗前走過，那種驚覺
此刻忽來站在讓斜雨侵濕了的
頰邊。我陌生地喚你名字
又在你眼底熟悉地汲出自己

多寒的容顏：而山色浣洗
在薄霧裏，而風刀削瘦林間
當你輕俯雙肩，低唱夜深

抬頭我乍見：那年離亂江上
斜雨未曾捻熄的野火，微明

六十六、十二、廿七・臺北樹林

流雨十行

——宛如之二

宛如足跡刻正尋著沙灘
逐步追索，海的心情
你走來，給我輕聲的微笑
好嗎？那時我正計劃紮駐
天空，要你躲入帘幕裏歇息

並且我是，一點一滴都說與你
浪濤衝破危島而岩岸起落著
歡呼，唯你默默，默默

教我驚聞：一排排防風林
一地黯黯垂詢，足跡蹈海的音訊

——六十六、十二、廿七・臺北樹林

夜訪十行

倦鳥的翔姿與悲鳴在我是模稜的。
撥開月臺濕漉的人潮，荷上——
滾動的露珠，陌生地，
投乾辣的眼光於熟悉之燈影，
多天，巷道，游移不定的相思的葉蔭。
這時我來尋你，怕窗燈，皆滅了，
宛如多年不見，我怯怯喊你。
隔著門，隔著雨露和微火，

但只有凝眸相望最教人神傷，
淚已在巢雪水正沿額端跌落……

——六十七、元、八・風雨陽明山

走過十行

等待是小草拋給北風的眼神，
而這時入夜了，原野亮出燈的身影，
我走過，樹葉們囂嚷地尾隨着，
我走過，陷坑們陰冷地窺伺着，
於是一條山徑流了下來，我是靜止的過客。

於是三兩漁火昇了上去，星在浮雲間殞落，
但海在遠方寧謐地微笑着，我走過，
但暗流在深處不安的滾着，我走過，

而明月抖擻了列隊進擊的防風林，
鷗鳥是沙灘回報小港的聲音。

——六十七、元、廿三·高雄小港

風燈十行

給予光和熱是我眨眼垂淚的理由，
你摸黑來小站駐足，然後離我——
向黑裏走了，在簷瓦與支柱間，
我猶自懸空依存。這樣也好，
只有飛蛾才不了解我風前的手勢。

但你切莫回頭，回頭傷我神色漸弱，
要你不知，我執決地鑑照——
邁過身影你走入漆墨大地。

含笑我捺熄心中唯一的戀恨，
黎明而見不着你暗中的千種臉痕。

——六十七、元、廿七・高雄小港

絶壁十行

從此分手吧！流泉冷峻地推開峽谷。
曾經我們連緜同行，奮力頂住——
漸夜的星辰，在蘭草前凋萎。
而且不拒絕荊棘蔓生，我們突破朝露仰望：
最高處日與月交迸輝映。

但如今隔着峽谷深沉，我們相距甚近，
面對峙立，觸摸不到舊時的體溫……
蘭在此草在彼，石裂兩地我們凝視無語。

唯流泉自千仞下淙淙，匆匆飛逝，
晚夜或者白天，所爭者厥在此最終一劍。

——戊午元宵・高雄小港

對月十行

初晨我來高崗，妳在澎湃的浪前流連，
透過林梢，新綠的晨露，透過冷靜的稜線，
妳我脈脈相望，當中萬里江山，
那種不忍，並且試圖挽留妳的舉步離去，
教我想及每到黃昏，我西下，而妳正升起……

所以我走出崎嶇山巒，踩上斷層邊緣，
用熱力驅逐陰影，撫慰每一寸妳愛吻過的土地，
要妳也看到，我的眼睛如何澄清天宇。

但妳絕決地蹈海而去，像小溪背棄了峽谷，
只留清風一縷，暗中笑我，寒涼眼色。

——六十七、三、十二・高雄市

春雨十行

冷雨靜靜吻在怒放的花冠上
清晨微明，我獨自走過
泥濘寂寥的長巷，野戰服
第三顆鈕扣以下，暗暗藏着
昨夜海濱崗哨急就的信

寄給山裏的妻，不止於
泥土草根的纏綿，愛
是山原江海契合的聯集，至於

問我一個二等兵之心境
晚露，野火，槍膛裏盛開的玫瑰

——六十七、四、十一．高雄小港

晚曇十行

忽然連身後的燈光都黯默了下來
那時曇花開得正艷吧，只有微雨
冷靜拍着，逐長巷逼來的高牆
我再度審問妳別過去的臉影
卡在冠瓣皆謝的藤架裏

其實和天候了無糾葛，半也是
怪妳一壁怒綻的笑容瞬然冷了
此刻斜雨敕敕撲向午夜窗間

我起身離開，並且拋給長巷
不再相見的再見

——六十七、四、三十．高雄小港

野原十行

你走的時候，我沒有說什麼
甚至喊你一聲再見，也覺十分多餘
百合含淚將身和靈託付給蝶衣
就已暗中準備好了，孤獨風雨夜後
笑吻漿泥的凝定和悲淒

因你是遠行的山岳，只合我
舒坦仰望，以包容的野草遼夐
送你漸隱星燈的身影。至於瓣上露珠

瓣下的丘陵，都隨你愛憎吧
我是春風綠遍，被廢棄的明天

——六十七、五、十一・高雄小港

心事十行

浮雲把陰霾的顏面埋入
廻映碧樹蒼空的小湖
小湖又把圈圈圈不住的皺紋
隨風交給游魚去處理了
所謂心事是楊柳繞着小湖徘徊

逝去的昨夜挽留着將來的明天
落葉則在霧靄裏翩翩飄墜
而悲哀與喜樂永遠如此沈默

只教湖上橋的倒影攔下
倒影裏魚和葉相見的驚訝

——六十七、五、十一・高雄小港

種籽十行

除非毅然離開靠託的美麗花冠
我只能俯聞到枝枒枯萎的聲音
一切溫香、蜂蝶和昔日，都要
隨風飄散。除非拒絕綠葉掩護
我才可以等待泥土爆破的心驚

但擇居山陵便緣慳於野原空曠
棲止海濱，則失落溪澗的洗滌
天與地之間，如是廣闊而狹仄

我飄我飛我蕩，僅爲尋求固定
適合自己，去紮根繁殖的土地

——六十七、五、十五・高雄小港

水月十行

自然妳總是以唇的櫻紅寧謐
泊靠我眼睫微顫入夜後黯黑的心情
並且游移在淚霧含笑的鏡中
粼粼不理末夏濕漉漉的浮雲
只要我，順風記取妳坦蕩的臉紋

但我僅敢暗中梳理爲妳煩亂的髮
任分列眦笑的眾樹不屑
深不見底我愛而怯於擁妳入懷的夢

等妳去時闔目我方才竦然驚心
我冷眼之火熱，妳熱吻之冰冷

——六十七、八、十九・岡山燕巢

晚晴十行

引望星河，此際簷下依舊
垂落來訪而未遇，你悄聲留置的
水露，向一壁凋殘的花痕
欲滴還羞。想午後悵然你擧傘離去
怕也雙唇半闔於滿園春碧吧

我則啞聲黯恨夜空如洗
浮雲散盡了，擧杯只有缺月相對
清風無影，應惜笑語韏淚

你關山隔我一牆，我萬里在你座旁
一燈渡夜，同指啟明星醉

——六十八、二、二十・桃園虎頭山

秋辭十行

葉子攀不住枯黯的枝枒
紛紛奔向清晨微寒的潭心
有人打傘自多露的湖畔走過
只聽見右側林中跳下一顆
松子，驚聲喊道

你就這樣來了嗎？漣漪
和回聲都流連在空盪的水面上
一些浮萍忽然站起來

留下山的倒影明晰地吻着雨後
蔚藍的天空，而秋是深得很深了

——六十八、十一、廿七·臺北

即景十行

路繞過埡口拐個彎
就衝向更深的谷地去了
纏着嶙峋偉岸的山崖
崖下緜延細瘦的小溪
一同馳進相思葉垂的林子裏

再望前是一瓣雲，輕輕咬住
蕩然的天空，天空不說話
轉身把雲甩給右邊的山嶺

從溪畔振翅翔起的鳥張口銜住
那瓣雲，跟着路也飛走了

——六十八、十二、一・臺北

痕傷十行

——哀西單民主牆

所謂牆，是一切都有隔閡
譬如山與天爭高，飛蟲
向蜘蛛爭殘喘的一口氣
那樣的，一道堅持
保障我們從不被保障的，網

所謂痕，是已戳遍的刀口
譬如岸與溪爭執，雛菊
向暴雨爭永遠的怒放

那種的，一條決定
箝制我們原不受箝制的，傷

——六十八、十二、七．臺北

笛韻十行

最初是竹葉一般的滯澀
我們飄向陽光初臨的荒山
所有鳥聲都來迎接
所有水露猶疑在山姑婆芋上
興奮地掉下了眼淚

或者是晚夜某無名的巷弄
我們悠悠行過，點亮
某不寐的樓窗，非關情愁

也不是病秋，只天地肅然沉寂
把我們拋置在翻開的史記裏

——六十八、十二、八．臺北

輯四　大進擊

——在流離動盪中，我們將一路覓尋詩，是坦蕩笑容上深刻的悲紋

仰望的旗幟

風狂雨驟，我們是一面
旗幟，在山搖地動中屹立不移
雷擊電閃，我們是一面
旗幟，在海嘯天翻裏招展如昔
邁上灑滿黃花碧血的大地
面向萬里青天白日的高空
我們是一面雍容微笑的
仰望的旗幟

壹、風雨雷電・驚春

像往昔一樣四月是花草萋萋的，呵
像從前一般清明時節紛紛雨落的中夜
雷聲怒訴著英雄的斷劍
閃電劃破了被風驚醒的史頁
在黯藍而微帶淚痕的天空中
狂風以淒其的雙手猛力托不住巨星的劍霜
淚雨踏悲憤的脚步阻止不了巨椽筆墨之涸竭
若懸河若崩雪若戛然弦斷而無歌的樂章
如此淒美的春天的夜裏
突然便消逝了躍過一千多萬平方公里輿地的馬蹄
如此洶湧的清明的淩晨
忽然竟會是開遍五千年民族殿堂的梅花，凋謝了
凋謝了，在孤臣孽子的懺悔裏

凋謝了，在黃花碧血的故土上
凋謝了，在挽不住的風雨交響曲中
凋謝了，在惶惑而悲哀的雷擊電閃下
凋謝了，呵，在巍峩的柱石間一哲人之悄然其萎

悄然其萎，大去之際
風雨的喧囂中我們聽見最安詳的寧靜
天崩地坼間您着一襲長衫翩然逸去
「以國家興亡爲己任」
彷彿我們耳聞八聲鐘響在風雨中爲您悲悼
「置個人死生於度外」
豈會是您爲國爲民征戰沙場的最後鼓音
在日月闔掌山河泣淚下
於我們長跪的凝視中綻開
您用一顆心用整個生命來貫串的革命之花
如同北極星辰在驚春的黯夜裏巍巍

昇起，並且讓我們感到不忍

貳、仰望，未濟的樂章

我們舉起雙手舉成革命的小草
護著您遺下的主義之花
我們滴下淚珠滴入祖國的大地
灌溉您未竟的民胞之愛
爲了半世紀來億萬子民曾受
您寒時衣饑時米渴時泉倦時屋渡時舟病時藥
我們的雙手舉成小草在復國的路上滋榮
爲了縱經橫緯的山河輿地每依
您陷時補裂時縫頹時擎崩時柱淤時導決時堤
我們的淚珠滴入大地在建國的土中蘊蔚
而您已昇成寂寂長夜裏熠熠的北極星辰
在暗鬱的林中我們是引領仰望的樹

仰望您，仰望您宜於微笑的唇角
創黨建國時在廣州車站車廂裏您頷首的安詳
仰望您，仰望您振人意志的寧波聲調
東征北伐時您率領黃埔子弟長車直上的威武
仰望您，仰望您有力的握拳與起落
剿匪抗日時您聲明最後關頭抗戰到底的剛直
仰望您，仰望您從容而翩飄的長衫
反共復國時您實現三民主義親民愛民的慈藹

在昏茫的海上我們是翹首仰望的舟
而您已昇成闃闃長夜裏煌煌的北極星辰
「絕不可因余之不起而懷憂喪志」
我們的淚珠裏閃爍著這十三聲悲憤的琴鍵
「非達成國民革命之責任絕不終止」
我們的掌上刻鏤著十四道江河淙淙的血脈
當海棠葉的網絡在腥風血雨中閉塞
當北京城內天安門外的雪地上開滿自由的血花

更多未能親炙您的子民慢慢走向您
更深未敢呼喚您的懷念在夢裏緊緊擁抱您
我們將用血汗與藺泡來實行易經的「自強不息」
而且不會忘記，「未濟」一章是革命的眞義

叄、旗幟飄飄

所以且讓我們盡情地哭吧
用悲哀與憤怒去淚水中提煉梅花的志節
以感恩與永懷自淚水裏沖盪江河的雄渾
踏平一路的鬼魅魍魎朝向復國的天闕
在最最摯愛的祖國的輿地上培植健康的海棠
在最最親愛的祖國的同胞間涵泳孔孟的襟懷
在最最感愛的祖國的精神中傾注總理的理想
在最最關愛的祖國的歷史裏延續，您的血脈
所以且讓我們揩乾淚水吧
抱「堅此百忍」之心忍受虎豹豺狼的欺凌

稟「奮勵自強」之義迎向明日的晴陽繁華
開創嶄新的革命史頁走向錦繡的康莊
將最最壯麗的國旗插回南京和風下的鍾山上
將最最明麗的歡笑帶入同胞受折磨的臉紋中
將最最綺麗的陽光灑進山河已乾渴的體幹裏
將最最美麗的愛情燃在民族被扭曲的冷漠間

那時節
也許同樣是花草萋萋的四月
也許同樣是斜雨紛紛的清明
呵那時
我們將如何來感念：您壓縮着整個中國恥辱的肺腑
我們將如何去懷想：您貫串著整部革命光榮的掌紋
如果仍是滿山風狂雨驟
您會看到並且欣慰地展開眉梢嗎
我們是一面旗幟，在山搖地動中屹立不移
如果仍是漫天雷擊電閃

您會看到並且高興地展開唇角嗎
我們是一面旗幟，在海嘯天翻中招展如昔

所以讓我們擊鼓出發吧
繡「矢勤矢勇」的精誠於右
「毋怠毋忽」的誓願於左
在您曾經策馬而過的蹄痕裏
我們的血忱要爲您的定見闡釋革命的眞理
自您未能親見完成的鵠的中
我們的悲慟將是您的理想終必落成的基石
安息吧！華夏長存的英靈
因您畢生的守護與扶持
我們已是一面旗幟，在風中飄飄
邁上灑滿黃花碧血的大地
面向萬里青天白日的高空
我們是一面雍容微笑的
仰望的旗幟

穀雨

——懷念爸爸

爸爸，雨落淒其，淒其
雨落！兩年前穀雨時候
我和弟弟——您可還記得
寒夜南奔，雨打山頭
車前燈逼迫著夜的神色
媽那時挽住您漸垂的手
我們長跪床前，默默飲泣
透過早時水霧迷漫的煙幕
您掀目望我們的那一聲

悲哀的欣慰，您可還記得

也是穀雨時候，時間更久
清風微吹，我年幼
而您瘦黑，回去凍頂舊厝
路過了竹林就是茶園
車聲和人間慢慢退後
只有漫山菁綠、溫柔的茶樹
單薄灰白的墓碑兩座
您指給我：那就是了
阿公阿媽的家，爸以後
也要含笑休睏的窩

像採過茶菁的茶樹那般
一邊發芽吐蕊的休睏嗎
爸爸！永遠年輕，不受病纏

抓住溫潤的泥土和高山
綻放撲鼻的茶香與美善
不是很好嗎？永遠勁健
在風雨裏和松柏爭勝
在陽光中與花草相伴
像新沏的春茶一般
耐人咀嚼，苦而後甘

那種休睏不是——很好嗎
爸爸，如今清明剛過，眨眼
穀雨將來，冷霧輕輕
輕輕罩在您安然休睏的山邊
下種的時候囉！叔伯都說
可惜你爹看不到，今年雨前
春茶豐收！但是爸爸
一定只有您在水霧間看見

低頭默默試著新茶的我
舌尖甘甜，喉裏的慚愧難嚥

——六十七、四、二・高雄

大進擊

我不犧牲，國將沉淪；
我不流血，民無安寧！
國旣沉淪，家孰與存；
民不安寧，我孰與生？
——北伐誓師詞

我們肅立東校場
聆聽歷史，勁風凜冽的召喚
小草一樣我們播揷在中國南方

肥沃而荒涼的土地上
迎接陽光，更多雨雪和冰霜
我們小草一樣挹翠凝香
呼吸先烈燦熠的血漬而微傷
含淚笑翻華夏的簡册，龍族的鷹揚
並且仰望您的劍眉您的手刀
您眸中驚醒白日青天的旗向

如此偉烈，飄颻在盛夏七月
教我們遙望北地狼煙，虎豹和蛇虺
羣雄並起呵中原令人欲淚
植樹的先生走了留下未剪裁的花葉
要我們，從貪鯨饞鱉的爪牙裏
艱辛地堅持梅花的冰清玉潔
要我們在覆巢和完卵間選擇跟隨
牆垣，輪轍，長夜冷豔的汚血

異族的鐵蹄同胞的嚶泣
輾轉反側蝙蝠盲飛的夢魘

要我們選擇您，選擇中國
傲霜的枝椏莊嚴和諧的城郭
讓嫩葉有所付託鮮花結果
一切鎖鍊桎梏鏗鏘碎落
讓亭亭華蓋保護所有疲累的藤蘿
所以我們槍少彈稀馬瘦
丹心照汗青，盜寇強梁不能挫
唯其我們枝壯芽新莖遒
碧血貫日月，經天緯地如急梭
在您旗下，誓向梟鷹忿鷙揮槊

而我們即將出發，溯北進擊
小草一樣要綠遍中國的山河輿地

而您要率領我們一分一畝一耙一犂
織綴海棠殘碎也驅除毒莽荆棘
爬行滾進，血汗是最堅貞的根蒂
衝鋒陷陣，彈火是最冷酷的疾雨
疾雨愈疾，根蒂紮植得愈緜密
血汗也是，傲視彈火笑而不語
呵您置死生在硝煙礮火裏
何嘗我們不能爲愛生於死地

爲愛，我們追隨您北向擊伐
若只是種籽，且容我們深深埋下
身軀顏面，一切易朽的幻假
但求爲我國民粲開大道與繁花
漢唐的威儀從此要向江南江北播灑
擊鼓吧，我們揮戈先取湘水魚蝦
槍已在肩，男兒可死不負血歃

您劍眉怒指着頹唐天下
您手刀橫劈出洶湧雲霞
我們便是碧血澎湃的紅嫣紫姹

您已上路，領我們溯江出征
旌旆廻南風，戰馬朝北鳴
卅三年歲月過去而革命尚未功成
四萬萬同胞翹企而家國不得和平
待發東校場，我們肅立聆聽
歷史長廊裏一路走來的鬼號悲聲
勁草一樣在風前我們站得更挺硬
戴漢中之月，披關外寒星
讓我們卑微的生命不再飄零
血灑中國，與您復我日白天青

——六十八、三、卅一・臺北

別愁

路漫漫其修遠兮，
吾將上下而求索！
——屈原・離騷

向大地，以及龜裂的天空
獻出我們的淚與血
路便坦蕩地伸延下去了
手握江邊蔚盛的蘺葉
胸佩岩壁孤潔的蘭花

我們是千古傳下一盞盞
油蕊不盡的燈，鑑照天光
指引雲影，更將一介生命
投給不斷湧來的黑夜
在春天裏，喚醒蟄居的泉聲

在夏夜裏和星辰遙遙交通
不被突然掩至的烏雲吞噬
愛是闃闇凄寂中仰天的眼色
思索著身前搖曳的衆芳蕪穢
想望身後種種，灰飛煙滅
而執決地，以脆弱疲累的步履
犂過脚下的山河，以雙手
憐惜且黯然，撫摸斷垣、殘瓦
故國騰龍舞鳳的廟宇
爲同胞，因而我們澤畔行吟

爲同胞我們含淚濡血
但求寫出秋天的華實月圓
不是草木零落，卽便難免
也務望承擔落葉——承擔落葉
在落雨的夜裏，反芻悲苦
反芻一切驚心，在落雨的夜裡
攤開自己，無奈而更積極
要把愛情獻給不瞭解我們的兄弟
默默地我們行經山原河川
我們不是潁川的高士，不是火浴的鳳凰

我們不是，冬天的風雪
欺凌肆虐著草木人獸，也不是
風雪裡自求溫暖的爐火
在簷瓦下棄絕了野骨的畏縮

更不是，爐火中激切的
柴薪，只爲短暫的發光而自焚
我們也是一個人，一個負載
光榮和恥辱，並且有點謙卑的
中國人，不幸而寫詩
燈一樣傳喚着歷史幽微的光影

燈一樣，我們也幽微照在中國的路徑
漫漫渺渺，上承祖先遺留之箕裘
修遠迢遙，下紹子孫接續的筆墨
若血汗無力，甚至可拿整個生命
來顯印來給出，來反覆追索
詩的花魂斷非現實之風雨所可稍刼
屈原去矣，英魄不死
杜甫雖老，篇章彌新
在流離動盪中，我們將一路覓尋

詩，是坦蕩笑容上深刻的悲紋
詩是貶謫戍徙，其樂不易的別愁
杜鵑啼血，離離草原壯闊
蛩蟬泣淚，莽莽山岳青翠
秋菊徐開，皓皓明月增光
冬梅傲放，皚皚白雪失色
我們毅然遠行，以便更加接近
難以割捨的家園和愛人
已矣哉！別愁不愁
長路漫漫，我們在雨夜裡掌燈
上下千年，求索萬古不廢的泉聲

——六十八、五、廿三・中壢龍岡

霧社

子・傳說

傳說渾濛初開，所謂黑夜是沒有的
所謂陰暗疑懼即使夢也是看不到的
天地光明，太陽照個不停，向西方
跑掉一個太陽，自東方又昇起一顆
不是月亮，因爲夜呵夜永不肯降臨
夜不降臨所以聽不見夜鶯歌唱沒有
嘜嗦沉鬱一切恐怖的聲音，也不怕

鬼怪環伺，森林裏百花齊放而難凋
他們只在烈日中僵笑，早晨和黃昏
才敢偷偷歎息，其實早晨和黃昏是
一樣的，悲酸的休憩，以便去接受
更漫長的壓榨和凌欺；河裏的游魚
也是一樣的，默默泅過昏睡的漣紋
太陽每天復述偉大而且不死的軌跡
爲世界驅逐黑夜，爲人間散佈光明
沒有黑夜，因此沒有恐懼不要鬼神
一切光明，所以禁絕隱私剝奪休息
連晨露也凝結不起來便無所謂幻滅
連晚霞也飛飄不起來更無需乎驚醒
所謂黑暗是沒有的，一切如此光明

傳說神祇指定，泰耶自彼巨木而生
巨木參天，留宿多少勇者善者之魂

雨暴風狂中，覆彼葉蔭以護我子民
雷擊電閃時，蔚其枝枒以衞我天經
善者不墮，凡姦淫擄掠的必墮地獄
勇者不隮，凡懦弱怯駭的將隮無門
彼巨木森然，以七層彩虹渡我族人
彩虹橋輕，唯輕德者以罪孽深重傾
彩虹橋隱，唯隱惡者以善勇純潔引
巨木成林，蒼蒼然守護我泰耶生靈

傳說泰耶降時，天上太陽歛其光色
皓然皎潔，倏忽夜色星影一同降臨
唯其夜色降臨，萬物各得闔眼憩息
百花解除僵斃的武裝夜鶯放膽歌唱
不受炙烤，族人歡欣若狂擊鼓而舞
聖哉泰耶神靈之子，露滴欣欣草木
露滴草木，而美景良辰，短暫如斯

第二日，風吹西北西，太陽照不停
依舊，依舊是西方初落東方昇一顆
族人惶懼，所謂黑夜，一點點休息
是必要的，所以檳榔樹下排排圍坐
樹下各社議決：即派六名青年武士
手挾長弓強弩，背負穀種與小泰耶
兼程望東，涉水跋山步征途以伐日
生命有限而彼蒼者天無邊何其有極
四十年光陰消逝而六人的白髮徒增
太陽依舊東西迴轉泰耶也不再年輕
是日落霧，社在東南東，六老一壯
張弓風滿，簇矢齊發，閉目而屏息
但聞雷崩西北，紅雨斜落一日已墜

丑・英雄莫那魯道

這是古早的了，但古早

不是要我們輕蔑或者忘記。英雄
莫那魯道垂目說：我們
都是泰耶的子孫，當要牢記
天上的太陽無道，猶可誅之
何況地上一切殘暴的鷹犬
我會答應你們，反抗是必須的
然則拔塞毛，你是我的次子
當知我曾遠赴東京，因你阿姑
鄔瑪瓦利斯的姻親。說是榮譽
無寧是弱者容忍的悲哀，像狗
之餵養於主人，他們籠絡我
何嘗我不知？所謂「和番」
於我們是莫大的恥辱，恥辱莫大
更須小心戒慎。花岡一郎
在臺中你受過他們的師範教育
必也羨慕日本，一切文明

奈良的莊嚴和香火鼎盛，還有
名古屋伊勢灣和熱海溫泉等等
溫柔等等，但羨慕何其悲酸

啊哈悲酸！你披赫沙坡，得先安靜
我不在意他們選擇我做馴順的狗
乾一杯！我豈會在意
離開鷄籠碼頭時，長天碧海
我已想定，爲霧社忍耐
忍耐不是懦弱，暫時妥協罷了
凡事謹愼，未嘗我們不可以選擇
他們，日本花木扶疏
霧社的一草一樹，一砂一石
尤其有待我們用心。蛙丹樸夏窩
你剛剛氣憤着杉浦巡查，他
給了你兩個耳光嗎？呵兩個耳光

如果霧社無法站起來，以後
我們的子孫要失去兩顆眼睛
站起來，只有先吞忍紮根
站起來，必須在樊籠中偷偷壯大
我們的枝葉。你們都知道檜木
如何生長而後不畏雨打雷劈
小草如何衝破地表，始得長青
我們要自忍辱裏還給天地無畏的笑容

你們都沈默了都沈
默了嗎？再一次回想
祖先伐日的過程，如果
註定我們只能是背負泰耶的壯士
這場仗怕是不可避免了
但泰耶會回來，我彷彿看到
他澄澈的眼神，閃亮在今夜

溫煦的月裏。天道不經
不也可以人力改變嗎?更何況
所以，花岡，拔塞毛，還有披赫沙坡
你們不能不是霧社的，最後的希望
你們絕不可消，沈不可緘，默
我答應你們，泰耶的後裔會伺機而動
十年前我父親幹過一次，五年前
我也反了一次，又五年了
再乾一杯!沒有未來的孩子們
你們將死掉，所有希望幸福
來生成子孫的尊嚴和自由
我們毫無勝算，但要打勝這場仗
我們可以死掉，站着反抗，死掉

寅・花岡獨白

但是，哈爾保溪你衝過峭壁

就棄我們去了，是不是
天地間一切事物都如此
絕決呢？離開了便不再回來
是不是所有人類的種性
都那般歧異？生來就有貴賤
如同泰耶，日本何嘗不也是
僅僅一種代號，罷了，不是
稱謂的方便嗎？一樣
髮眼耳鼻口，一樣的手和腳

一樣不也是人嗎？哈爾保溪
你告訴我，從山地流下的
和從平地湧出的，一切
靜止無波的或洶湧奔騰的，不也
都是水嗎？和馬赫坡溪相較
你們又誰高誰下？僅僅代號

僅僅是稱謂的不同，然則你們
也爭戰嗎？也欺凌那些弱小的
水流？而終其極只是
一樣滙流入海，成爲無聲的泡沫

莫那魯道說：我們要自忍辱中
還天地無畏的笑容；五年前
教育所的課本如此啟示我
「只有對天皇陛下赤誠効忠
才配得做日本人」，配不配呢
自小我像日本人一樣被教育
長大，一如野薑花之努力
我全心全意要長成一朵高貴的菊
但「像」了不是「是」
生爲薑花，我又豈配爲菊

我不配爲日本人，他們何嘗
配做泰耶？而我們從來只希望
一切愛情與和善的友誼
冷杉和翠竹形貌不同，勁直則一
人類種族各異，不也都是
崇尚正義愛好自由嗎？哈爾保溪
你回答我，有人強行
堵住你的去路，是不是
你先找間隙以求出口，若被堵死
你會還他以微笑嗎？那種忍辱

但我，還有所有泰耶的青年
眞不能不是，霧社最後的希望了
差別教育，種族歧視以及種種
凌虐，或者暫時可以妥協，漸進
爭取，時間會支持我們，可是

關於森林，哈爾保溪你知道
是泰耶所繫，郁郁乎繁衍下來的生命
檜木成羣聳立，蒼蒼然負載
霧社的天空。千百年來護持我們
餵育我們，賜我們力量的聖樹呵

他們竟用，刺刀、馬鞭以及
「馬鹿野郎！」逼我們砍伐自己
用泰耶賜我們的手，逼我們虐殺
賜我們生命的泰耶！逼我們的
泰耶發怒。呵哈爾保溪不准
你沉默，整個霧社靠檜木守護
失去天空，我們剩下什麼
我和我的朋友如其眞是，沒有未來
無寧我們引刀一快碎殺所有幸福
子孫無辜，讓他們走一條坦蕩的道路

卯・末日的盟歃

他們走在月光拂照下的
街道，四周的高山低垂
櫻樹詭異的枝枒戳入碧海似的
青空，油火在遠近的屋舍搖曳
隱隱有笳聲，低廻，順着
水聲流過來——有人看到殞星
隨即右前方的窗口嘶聲哀泣地
一個嬰兒降生了。降生了
多麼不是時候，嘆息
在悲涼的回風裏，苦苓葉簌簌
下墜。多麼不是時候！前頭的
青年垂首說道：我們不也是嗎
在殘酷的統治下追求正義和自由
多像樹葉，嘶喊着向秋天爭取

翠綠，而後果是，埋到冷硬的土地裏

可是拔塞毛，你這樣說不正確
最多對了我們這一代，卻錯了將來
我們希望所繫的下一輩。右邊
花岡揚頭看了看沉鬱的山
又說：也許眞是，我們反抗
眞是樹葉索求青翠而被秋天摧毀
然則秋天會去的——秋天去了
左側的青年狠狠踢着石子，說
秋天去了，更毒酷的多天跟着來
我們埋在土裏，也罷了
但整個霧社將更寒顫，更蕭索
整個霧社將連枯葉也沒有
是的，披赫沙坡，很可能
整根樹幹要更受寒多欺凌，很可能

剛剛那嬰兒的哭聲，就是命運

我心頭也亂，不談這個
花岡接着又說：日本佔據臺灣
已經連續欺凌了我們三次，三個
冬天，每次寒冬之前
不都是高壓而肅殺的秋天嗎
他們用大砲轟炸我們的家園
以警察和軍隊殺戮我們的祖先
每次不都是寒酷的冬嗎
葉子落光，樹幹上是深劇的
傷痕，傷痕深劇，但霧社
霧社不倒。霧社是泰耶的子孫
我們是檜樹的後裔，葉子掉
光了，更接近春風的來臨
如果我們眞註定，只是一羣落葉

要有信心，讓新芽和春風接吻

而莫那魯道告誡我們，要
爲霧社忍耐，蛙丹在行列後
怯怯吐聲。忍耐不是懦弱
是嗎？蛙丹。花岡慘淡地笑了
月光斜斜，漾在他鼻上
記得那夜我們去看莫那魯道
他口述的傳說嗎？我們的泰耶
如何射日！記得那夜的月光嗎
映在莫那魯道盈淚的眼裏！也要
記得他說：我們可以死掉，站着
反抗，死掉。我們都是霧社
最後的希望，我們沒有未來
猶豫什麼！新的生命已經降臨
夜深矣。月沈矣。他們隱入

一間草屋，一個老人點上了油燈

辰•運動會前後

所有準備工作已接近最後的
段落。斯夜各社青年潮水般
湧來莫那魯道家中，他們
頭佩白色布條，迎風站立
映着微弱的火光，豎耳傾聽
老人莫那魯道的叮嚀：去吧
拔塞毛，你率隊卽刻出發
襲擊馬赫坡警察駐在所的日本人
披赫沙坡你要奪下博阿倫社
至於蛙丹你，去拿司克社
然後會合攻打尾上社，櫻社等等
要靜如猫狸，利若鷹隼，不讓
他們逃脫一個！還有花岡

你負責切剪霧社對外通信工作
子時全落！沒有疑問就走
出發了，一隊人馬一個火種
散佈在霧社周圍所有駐在所
等待着，一個時辰一聲切齒
染黑天地花草和森林
有人興奮得哭了，沒有聲音
淚珠悄悄墜入薑花的蕊心裏
天空已沉，烏雲密佈
只有一幢幢身影閃若流星
憤怒湧天雲，百年噩夢難清
刀鞘濺汚血，千載悲情得洩
各路人馬乘黑再回到莫那魯道身旁
所有社外的日警已全數消滅
莫那魯道抬眼望向漆黑的天際
搖頭自語：以恨反抗恨，以血

對待血，眞不知——對也不對

然後是日麗花香的秋晨。微風
霧社小學校運動場，漂亮的和服
蔚成一片錦繡，鳥雀一般嘰喳
聲浪壓不住所有泰耶的心跳
躲在運動場南側森林中的
莫那魯道和青年們屏息着
他們的眼睛炯炯，探射在
警察制服的動靜上；霧社對外
一切通道和山徑，此刻是星羅棋佈
連日人宿舍都派了哨設了樁
微風是依舊，徐徐拂吹
時間在跳動雲層幻變得十分美麗
期待正開始場內外兩種不同心情
該到的各分駐所警察未到

一個也不見，警察分室主任
佐塚愛佑非常不耐煩了
頻頻看錶，頻頻壓住湧上的痰汚
捻跳動的眼皮：怪了，這些人
昨夜醉了酒春了夢不成
擔任司儀的花岡一郎已拉高號令
「運動會開始／全體肅立」
全體學童和日人肅立了，南森林
莫那魯道一羣也豎立着
他們的耳眼和心情——當整個霧社
按號令向日皇下拜時，殺聲
突起。二百餘位泰耶子弟
迅雷一般擊入競技的運動會場
迅雷似的憤怒擊殺着殘酷的統治者
迅雷似的狂野血洗了小學校的操場
迅雷迅雷，繼之以冷雨，斜落……

巳・悲歌，慢板

我們死守在此，嶙峋桀敖的龐海堡
左前方是黝暗，濃密的森林
右側萬丈直下，詭譎削立的斷崖
偶而傳來夜鳥哀啼，流水悲泣
部份同胞避向更深的山裏去了，我們
留置在此，灰黯鳥鬱的龐海堡岩窟
莫那魯道他面壁默坐，右手負傷
踱着來回巡走的是花岡一郎
他緊抿下唇，不時望向空無的
洞口，那邊躺下來衝動的蛙丹樸夏窩
沒有人說話，但一樣的心情
暗暗傳遞——我們總算幹了，畢竟
我們曾經反抗，站着反抗過

較之低頭嘆氣痛快多了。回想
運動會場上殺聲一吼，泰耶聽見
也會頷首微笑的。雖然其後
我們由攻而守，由守轉退，先攻陷
眉溪，後受挫獅子頭，再退守人止關
槍聲嘶吼不止，呼嘯呻吟廻盪
以至退守霧社，再被大砲逼來此地

無論如何，我們不愧泰耶
我們已經盡力而爲，只求死掉自己
現世的幸福希望，來生成
所有子孫的尊嚴和一點點，自由
我們註定是，一羣落葉
落要落在泰耶的土地，爛要
爛在霧社的根莖裏，春天會來的
那時新生的綠芽將吸汲我們的

養份……但我們是，已經疲倦了
請讓我們，此刻休息

而他們，日以繼夜包圍這岩窟
我們看到，洞外是警察和軍隊
還有幾架飛機，蜜蜂一樣
轟隆，盤旋，整座山谷都是
砲聲和機槍，塵灰同沙石
我們已抵抗了七夜七日，忽然
一切靜寂，湧進來灰白的煙霧
不能呼吸，充斥着嗆鼻的空氣
有人含淚倒下有人血濺森林有人跳崖
自殺，這灰煙白霧，無法呼吸，的空氣

現在我們必須走了，離開至愛的
霧社，泰耶的眼睛和雙手正等着

必死的反抗，打不勝的仗
馬赫坡溪的水流從此不回頭
必須走了，死去的弟兄
寂寞的靈魂在哭號，我們
要走了，秋天的樹葉一般
向霧社的大地落，傷痕太深
我們該走了，射日的祖先正伸手
一羣落，葉，我們不能不，走了

——六十八、九、三十・臺北

輯五　鄉里記事

——天若黑，地就黯
青暝雞仔啄無蟲

白鷺鷥之忌

——狂誕篇之一

寒天的時節樹葉漸漸地落
庄裡的大小厚衫一領一領穿
風帶著雨走來無稻米的田裡放田水
雨跟著風站在清潔的街仔路拾垃屑

寒啊！樹仔落葉風透就穿衫
冷啊！樹仔落皮滴雨就舉傘
戇留不驚風不驚雨只驚無枝可棲的白鷺鷥
戇留不知寒不知冷只知無藥可醫的某死去

彼時的生活，黯淡不過歡喜
早起我舉鋤頭出門伊在門邊送我去落田
飯包內底是芹菜加三條鹼酸的菜脯
心肝內底有百萬聲歹謝兼溫暖的目色
三更半暝伊在菜櫥內偷偷找找不着的猪肉

三更半暝我在眠床頂暗暗想想不起的錢財
若是稻米收成風颱不來一張一張美麗的紙幣
起舒適的厝買皮鞋送伊給囝仔交補習費
再買電鍋叫瓦斯電視暫時等二年
伊的身軀太軟弱帶伊去看先生好好地醫

伊的身軀無勇壯為我的營養透早就起床
彼暝伊腰酸背痛面色帶青
山裡的草藥無效去城裡看先生過頭貴

這隻牛犂田太慢可惡我會慢一天拿着錢
白鷺鷥白鷺鷥因何飛起向西天飛去

白鷺鷥白鷺鷥伊竟來破病無藥可醫
先生有藥方稻米未收成我無金錢帶伊去看病
厝邊有金錢厝瓦蓋未好我無力量爲伊去借錢
我是天下間最無用的男子枉費伊跟我一世
我是人世間最偉大的人物超渡伊離開苦悲

覧留不知寒不知冷只知他的查某跟人來離開
覧留不驚風不驚雨只驚田裡瞋著他的白鷺鷥
冷啊！樹仔有地好鑽覧留無某不做田
寒啊！樹仔有天好頂覧留無某不住厝

雨跟著風走來覧留的破厝偸偸地搬磚瓦
風帶著雨站在覧留的田裡暗暗地種雜草

庄裡的大小猶原厚衫一領一領穿
寒天以後樹葉同款一片一片地落

——六十五、十一、廿七・風雨紗帽山

闇風和溪水

——狂誕篇之二

庄裡過溪彼邊杉林內住著
一個人，像他的草寮頭前
一棵透風就唱哭調的
杉仔材，他的名號叫幽木

山裡過溪這邊溪埔頂放著
很多石頭，像闇時厝邊
閃爍的燈火，在黯淡的溪埔
唱出一首變位的水歌

水歌纏綿，石頭搬動三十年
杉仔的身軀頂寫著
幽木一刀一劃的哀悲
不曉笑不曉啼，闇風來時
搬動石頭踏溪水

當初爲正義，不滿
江湖道士妖術拐厝邊
道士生氣發淫威，畫符發咒
除非幽木辦牲禮賠不是
否則每天搬動石頭三十年

黃色的符仔，壓在
石頭無數的溪埔邊
風雲變色，杉林內閃著

轟動的雷，幽木跌倒，滿山
雨滴，站起來未曉笑未曉啼

江湖道士滿足來離開，哪知
水淹溪埔，茫茫一片
道士自信法術透天，哪知
脚踏石頭滑落去，水聲纏綿
可憐幽木，搬動石頭三十年

這條歌庄裡的囝仔攏會曉唱
唱給聽不識的幽木聽
幽木每天透早一顆一顆石頭憨憨地搬
囝仔每暝對頭一遍一遍歌聲嘻嘻地唱

這個故事庄裡的大人攏知影
講給想不通的囝仔想

闇風每天日落一陣一陣唱出幽木的寂寞
溪水每暝月出一聲一聲講著幽木的悲哀

——六十五、十一、廿七・風雨紗帽山

村長伯仔要造橋

——顯貴篇之一

村長伯仔要造橋
爲着庄里的交通收成的運送
還有囝仔的教育
溪沙同款算未完的理由
村長伯仔每一家每一戶地撞門
講是造橋重要愛造橋

村長伯仔實在了不起
舊年裝的路燈今年會發光的存一半

今年修的水管舊年也已經修過兩三遍
只有溪埔雖然無溪水也愛有一條橋
有橋以後都市人會來庄里就發達
造橋重要收成運送也順利

造橋確實重要否則庄里就無脚
計程車會得過不過小包車想要過不敢過
咱的庄里觀光資本有十成便利無半成
造橋重要請村民支持這亦不是爲我自己
雖然我有一臺金龜車，橋若無造
同款和各位父老步輪過溪埔

村長伯仔講話算話
每一天自溪埔彼邊來庄里走蹤
爲着全庄的交通村民的利便
他將彼臺金龜車鎖在車庫內

村長伯仔講是橋若無造他就不開鎖
哎！造橋確實重要愛造橋

——六十五、十二、廿八・風雨紗帽山

議員仙仔無在厝

——顯貴篇之二

議員仙仔無在厝
一個月前爲着村民的利益
他就出門去縣城努力
道路拓寬以後交通便利
工廠一間一間起大家大賺錢

議員仙仔一向很飽學
聽講彼日在議會發威
剛剛罵縣老爺無够力飯桶

續落去笑局長是龜孫子
議員仙仔是官虎頂頭的大官虎

當初這票投了實在無不對
不但賺煙賺錢賺味素
而且如今找議員仙仔同款很照顧
東一句王兄西一句李弟
搧一個手任何問題攏無問題

可惜議員仙仔無在厝
新起的一間工廠放廢水
田里的稻仔攏總死死掉
可惜議員仙仔一個月前就出門去
爭取道路拓寬工廠起好大家大賺錢

——六十五、十二、廿八・風雨紗帽山

校長先生來勸募

——顯貴篇之三

校長先生來勸募
爲着這屆畢業生買紀念品的問題
校長先生很有禮數
一時仔奉茶一時仔敬烟
害我感到十分榮幸百分之驚
莫非是阮彼個囝仔無成才未畢業

舊年校長先生也來過
講阮彼個囝仔頑皮搗蛋又未就教

三天兩頭弄破教室的玻璃
初一十五才罕罕地去學校上課
身軀垃屑衫仔不換愛相打
這次校長先生敢是要來退阮囝仔的學

握手笑微微，校長先生
無嫌阮庄脚人兩手黑靡麼
讚阮的囝仔成績優秀又乖巧
前幾天鄉運動會獨得金牌
這一次畢業得到縣長獎
若不是你陳先生這雙手……

豈敢豈敢攏是校長先生你會栽培
陳先生，未用按此講，你這個囝仔
可造之材，得好好地栽培，這次募捐
當然啦，亦是多多拜託

我感到十分惶恐百分之快樂，簽在
募捐簿面頂：張阿水，十元

——六十五、十二、廿八・風雨紗帽山

黑天暗地白色老鼠咬布袋

——百姓篇之一

早起時去米廠糶米的時節
聽講隔壁庄里昨暝地動倒一間厝
我老邱仔起厝十餘年實在不敢相信
啥人恁強起厝起得恁無够力
若是我起的，隔壁庄陳木火彼間厝
就是大風颱來吹也吹未倒
倒的彼間厝想是歪哥仙仔起的
當初我和他競爭，黑天暗地

我只敢偷兩分，他黑落去的就五分
我摻水三桶，他摻六桶也無够
哎！世事無常糴米返去呷飯較要緊
取出布袋，布袋下脚竟也破一個空

空心仔布袋無路用，我趕緊
向米廠的頭家娘再賒一個
扛米返去風雲漸漸變色心內一點點怨嘆
做人恬好起厝偷無多老鼠會來咬布袋
路仔聽得人講隔壁庄里倒去彼間厝
無篤無好竟是陳木火的，好在天色已黯

黯時倒在眠床頂睏也睏未去
窗仔外冷風兼大雨，世事無常
想未到我老邱仔起厝十餘年
比起歪哥仙還是大好人，只不過

偷偷滅兩桶水泥加三桶水，黑天暗地
一隻白色老鼠又在咬我賒來的布袋

——六十六、元、二．晴翠溪頭

未犂未寫水牛倒在田坵頂

——百姓篇之二

雖然不識字未曉寫文章
也知影一格一格穩穩地犂落去
雖然無天才不知話唬譋
也聽見一聲一聲凶凶地喝水牛

喝著水牛一行一行
在田坵頂寫出今年秋收的歌詞
趕著水牛一撇一撇
向田中央點出後冬結婚的色彩

水牛絕對不是我阿宏的牽手
雖然未曉寫文章又不識字
穿未起西裝穿未落去皮鞋頭頂戴草笠
我同款和讀書人大官虎生理人知影呷飯娶查某

水牛不僅止是我阿宏的愛人
雖然不知話唬諞也無天才
飼未起飼料飼未落去肉類骨頭兩三隻
我同款和讀書人大官虎生理人會曉煽動駛目尾

一行一行我阿宏寫落去
水牛水牛你是我的生命我生命中的歌詞
一撇一撇我阿宏點落去
水牛水牛你是我的愛情我愛情上的色彩

雖然知影一格一格犂落去
我阿宏不識字犂未出活潑的文章
雖然聽見一聲一聲喝水牛
我阿宏無天才喝未到牽手和愛人

——六十六、元、二・晴翠溪頭

三更半暝一隻猫仔喵喵哮

——百姓篇之三

天光以後阮就愛去菜市仔賣菜
想到跨過臭水溝一脚一脚黑金的皮鞋
親像看見一塊一塊抹胭脂嚷價的嘴唇
在這陣冷風微微吹來冷靜的黯時
忽然阮聽見窗仔外一隻猫仔喵喵哮

一隻猫仔喵喵哮，四年前有一暝
阮厝彼時還未出海討魚，同款曾聽見
如今阮賣菜賺錢罕罕地也賺少年家仔睽

每天菜市仔落貨返來窗仔門鎖住看電視
冷靜的黯時哪會聽見猫仔喵喵哮

猫仔喵喵哮，三更半暝醒來
看見化粧枱密斯佛陀香水後壁
彼蕊早起時開得好好的水仙竟來變青去
阮縮在被底抱着枕頭，冷風微微
親像尫婿新婚彼暝叫阮的聲聲愛意

聲聲愛意，一隻猫仔喵喵哮
在這陣冷風微微吹來嚘價聲的黯時
阮趕緊爬起來，坐在化粧枱頭前
抹胭脂噴香水好好地打扮若一蕊水仙
天光以後阮又要去菜市仔賣菜賺淡薄仔錢

六十六、元、二・晴翠溪頭

猛虎難敵猴群論

——不肖篇之一

虎在山是王生氣嗽一聲
山搖地動花蕊見羞草木面色青
虎在山是霸歡喜笑一下
天清日艷溪水伴奏風雲腳手驚

猛虎楚霸王者在庄是我
三角肩八字步十二羅漢七觀音
猛虎黑張飛者在庄是我
歹世面好看頭大仙滾龍短束褲

猴羣猴羣，猴羣在市駛計程
客運總站頭前結黨找仇道義半角銀
前日後庄阿三來相報
猴羣鬼黨犯本庄，飲酒划拳
全無將本猛虎看給伊去分明

猴羣猴羣，猴羣入山壓樹枝
偸花盜果此巷無路看做是北港魚落
昨暝溪埔阿義去酒家
猴羣痴哥笑伊憨，左刨右削
竟敢將本猛虎笑是兇狗不吠

一百步笑我五十步，此仇不報
楚覇非王張飛得化粧
阿三阿義羅漢觀音免出動

待我下山抓猴剝皮滾湯煮肉
看是虎不吠或者猴羣會哮

一手尖刀三十刺球，寡不敵眾
識俊傑者爲時務也乎
刀劍閃光拳頭暗黑好奸險
待我回山聘請孔明吳用指點
聽是水聲流或者山風走

虎在山驚猴慢慢追一步
腰酸背痛四肢無力草木攏是兵
虎入市驚猴緊緊逃三脚
目腫面青耳孔陳雷聲東就走西

猛虎楚霸王者在庄是我
江東啼笑父老搖頭刀劍偷偷收入來

猛虎黑張飛者在庄是我
頭梳髮臘面抹面霜西裝好好穿出去

——六十六、九、廿一・森林溪頭

青暝雞啄無蟲說

——不肖篇之二

飼猪飼鷄飼鴨不驚風颱天
儉米儉菜儉肉但望賭博時
不驚阮厝風颱無在厝
但望阮厝賭博不通輸

猪頭無顧顧鴨卵
飼猪艱苦無人問
鴨卵落巢補身又賺錢
猪仔飼大猪哥老爸無要認

鷄若青暝不知風颱着倒返
窗仔啍門會叫阮尫屈在賭場輭
天若黑，地就黯
青暝鷄仔啄無蟲

大風大雨猪鴨在巢鷄仔在山埔
囝仔腹肚餓啼哭四邊烏
阮尫不驚風颱出門去
厝瓦未補拜託天公伯仔不通更落大雨

——六十六、九、廿一・森林溪頭

好鐵不打菜刀辯

——不肖篇之三

好鐵藏入深山，黯淡無光
菜刀離開厨房，體統大失
查埔人志在四方豈可隱遁山林
查某人心留家室哪好迌迌街市

好鐵是我王五，光滑若鱔魚
自細漢離鄉他走
在外漂流，綠燈戶中
順溪行船替別人看地理

菜刀是阮查某，妖嬌比花蕊
十三歲淪落煙花
賣笑賺食，花宮所在
好鑼響鼓蕃薯任人看做芋

好鐵用來打菜刀，過頭可惜
菜刀無用好鐵打，免置竈脚
我王五打某敢是豬狗牛
某若無我打哪會守在厝

好鐵的我當初愛伊帥
變賣家產，苦海中救金龜
菜刀的伊彼時得我疼
搖身一變，庄脚地做觀音

好鐵的我，堂堂五尺
雲遊四海難免會走私飼金魚
菜刀的伊，朽柴爛花
洗衫煮飯其他不免牛母厚尿

我王五打阮查某是天星地筷
阮某在我王五打是理龍如鼠
好鐵若不打菜刀才是猪狗牛
菜刀若無好鐵打哪會守在厝

——六十六、九、廿二・晴翠溪頭

烏矸仔裝豆油證

——賢人篇之一

天頂若無烏雲就不落雨
樹仔若無雨水就不發芽
玻璃矸仔若清就知有或無
玻璃矸仔若烏恐驚是乞食假大仙

做人像王祿仙彼般閉藏就全無趣味
做事像王祿仙這款怪奇就使人痛苦
生活有光有暗，天落紅雨狗會吠
生活無邊無角，一斤重過十七兩

王祿仙，厝邊頭尾叫伊
鹿仔仙，頭路無半項一襲短褲兩手烏
種花買鳥溪埔釣魚，乞食敢飼猫
每天笑嘻嘻，吃酒取物一概無欠錢

王祿仙，老幼大小睽伊
鹿仔仙，愛講大聲話路途不知舉頭旗
大厝未起護龍先造，青暝不驚蛇
每日笑呵呵，交龍結虎隨時有人扶

王祿仙，萬項代誌不驚
不通天，厝邊娶某生子伊送錢
溪埔淹水伊造橋道路拓寬伊出地
浪蕩子，乞食假扮家財萬貫滾水款

王祿仙，百種魚蝦有來
有去地，拜訪有轎車出入無討食
門檻通過是皮鞋窗門望盡全西裝
乞丐扮，皇帝身命董事長級羅漢款

生活有光有暗則好天狗會吠
生活無邊無角則賢人土虱樣
做事像王祿仙彼般閉藏的確使人趣味
做人像王祿仙這款怪奇絕對全無痛苦

玻璃矸仔若清就知有或無
玻璃矸仔若烏大仙假乞食
天頂若無烏雲歹講照常會落雨
樹仔若無雨水三不過四芽探身

——六十·六、九、廿二·晴翠溪頭

馬無夜草不肥注

——賢人篇之二

不管安怎陳阿舍是好人
雖然不是官虎也不是代表
伊惜花連枝愛，千里馬同款
爲着庄里的代誌四處走蹤
敎咱爬樹得愛帶樓梯
當咱上樹替咱搬梯走

早時的阿舍，甕內的鼈
住山脚的破草寮，受盡啼笑

雙手二塊薑，前窗破後壁補
貧到目油流了無處賖
男兒立志出頭天，陳阿舍
立志過橋放枴賺大錢

確確實實阿舍是一位大好人
開診所賣草藥，舉刀探病牛
大病歹醫小病慢來，收費很便宜
聖手仁心，文火慢攻才是漢草本性
陳阿舍，花陀再世替病人儉錢
街頭巷尾驗病免費，抓藥另議

賺食而已，阿舍做什成什
副業是司公而且會曉看風水
天靈靈地靈靈無錢不靈有錢靈
人生死而不已，風水蔭子孫

解決生解決死，陳阿舍好人一位
順便會得解決自己的腹肚皮

阿舍在庄很飽學
賒杉起厝現錢收入買土地
阿舍在庄是好人
賒猪賒羊倒賺嫁粧娶新娘
天頂星萬種地下人百款
唯一千里馬阿舍大家攏講嶄

如今庄內一塊地，都市計劃路開過
地是阿舍的，阿舍是大好人一位
一切全爲本庄的交通和發展
不是官不是代表但是伊四處走蹤
惜花連枝愛，陳阿舍是好人
風水問題，路絕對未當開過彼塊地

——六十六、九、廿三・晴翠溪頭

水太清則無魚疏

——賢人篇之三

魚食露水人食嘴
老師得食黑板粉筆兼生氣
魚趁生的人趁嫩
學生得趁少年頭腦加淡薄仔目屎滴
水清清，魚愛耍
水濁濁，魚仔免驚會食無
錢老師向你拜三拜
教學生，勿通無大才

讀書運動爬山釣魚項項來
別的老師加緊補習交錢是應該
你叫學生交錢買什麼勞作教材
無想囝仔將來考試會打歹

花若帥，葉仔無代
國語算術上重要其他不免知
別人的囝仔透早上學半暝倒返
阮的囝仔七點出門下埔在厝要
細漢無責督，大漢做硌硞
錢老師你不賺錢也得爲學生好

身體健，大漢相打做鱸鰻
會唱歌，世間上歹是煙花
寫文章，後日一生幾角銀
教做人，接近不着評分員

大恩大德大成大聖錢老師
千託萬拜請你開班補習指點囝仔將來

嚴師出高徒，志願上要緊
錢老師免清高，一月日三百塊
德智體羣只不過天邊浮雲
魚在水中才會活人是少年上界嫩
水清清，魚愛耍
水濁濁，免驚魚仔會吃無

——六十六、九、廿三・晴翠溪頭

後記

尋求紮根繁殖的土地

——如果種籽不死，通過風雨和冷硬的礫壤，我深信這段尋訪土地的射程，必將自寒酷裏瞿然立起一股熱，也必將在鬱黑中冷然迸放一線光！

尋求紮根繁殖的土地

——詩集「種籽」後記

樹葉從枝枒落下總黯黯感到培育苗種的喜悅
苗種自土地昇起每欣欣覺得抵抗風雨之悲慼

這段「聯話」，是民國六十六年（丁巳驚蟄）編就第一本詩集「銀杏的仰望」後，寫在後記上的結語，當時我面臨學院生活的結束，自費（而此「費」來自朋友之間的張羅貸借）出版詩集，以及紀念父親週年忌……雨摧弱柳，霧迷青壑，內心所感覺的，的確就是「樹葉培植苗種·苗種抵抗風雨」的悲喜交集；三年後的今天，庚申年驚蟄，我已再度回到北地，投身於滾煙浮塵的社會，學院之後的行伍、那段幾近閉鎖的生活必須再望前追溯……異地昏燈，寒夜微雨，編竣這本詩集「種籽」，不期然仍有一股喜悅和悲慼從中湧上的迷惑！

回想三年來種種一切，恍如目前。那些流逝的時光，時光中幻如燈影的形像，都重新，像雨夜之花，一瓣瓣展露開來，接受洗滌，或者寂然墜地。而這種回憶，十分直接，它的焦距集中在個人二年的軍旅經驗上，那些經驗又自然轉化於當時的詩作裏，一如湖泊接納天光雲影，山岳迎擊風雨雷電，我年輕穉嫩的生命在這兩年中，曾勇敢地面對因卑微而必受的考驗，嚐試着去體味生命的糾結矛盾，並且認眞思索——文學、人性和歷史三者激盪下，自己站立的方位。

所以，這兩年軍旅經驗對我而言，於文學創作之數量雖然銳減，於個人生命之轉益實多。在整齊劃一的制服下，文學心靈之易受壓抑，殆無疑義；但自剛正嚴格的訓練中，個人生命因不斷錘擊治鍊而更形強靭，則爲事實。三年來，從學院生活的結束，而閒散但焦燥的鄉居待役，到晨夕漫長的軍伍生活，以至步入社會，爲衣食替人作嫁……春秋易替，日子猶如葉綠葉枯，常在驚覺之際飄下一聲嘆號！三年來，從華岡到溪頭，而入伍嘉義大林，而中壢龍岡，而高雄小港，而臺北樹林，而岡山燕巢，而桃園虎頭山，而苗栗三灣，以至退伍還鄉，再北上就職……如此短暫的時間流程，南北飄播，其空間變換之頻仍一至於斯！所駐之地，少則一月，長亦不逾半載，歲月就像疾雲迅水，朝生夕滅，云握匪易！

在這種外在環境更迭不已，時間控制又不盡操之於我的狀況中，心靈之易受衝擊，自不待言，衝擊而有回應，亦屬必然，然則回應或因環境不許而強行壓抑，或因時間不裕而無以深省……所能發而爲詩的，大概也百不及一了——百不及一，另外九十九分正好逼使我暫時「脫離」學院時代的思考方式和創作狂熱，逼使我的眼光從稿紙的框框裏跳躍出來，去注視我的周圍，去吸收廣濶天地的空氣，去接近悠悠人世的「心跳」！

記得六十六年秋入伍服役，在嘉義大林中坑接受新兵訓練，已受過成功嶺訓練而未能考上預官的我，一開始自然就註定要「從二等兵幹起」了。嘉南平原的蔗田稻浪，軍事訓練的黃沙汚泥，同時走入我的生命，那種「星垂平野濶」的行伍夜色，扣着「倚劍臨八荒」的軍人魂魄，交互激盪，起初頗難適應——「仰着頭，吸吮早降的雨露／站直身，標出鋼鐵之經緯」（原野十行），前者的浪漫情懷可見，後者之剛正紀律難違——只好犧牲應有的午休和晚餐後的散步時間，做些「自我的營建工作」，寫詩、看書，而把其餘二十二個小時，包括睡眠，都交給「特別答數」和「立正稍息」去處理了。

即令如此，心靈在紀律的禁錮中還是躍躍欲動的。在莒光夜的作文課上偷偷寫詩，在子彈呼嘯而過的靶溝裏抽煙看詩，甚至在連隊的小型康樂中朗誦「阿媽的目屎」……凡此種種，多少是與軍紀相違、而於詩心有慰的。但相對地，也常常爲了「免除」每日清晨的五千公尺長跑，自動出列「申請」掃地；爲了在「繞着銅像，左三圈，右三圈」的罰令中跑得太慢，而四肢着地「匍匐前進」回來；甚至爲了唱歌「放砲」，而獨唱「反覆廻轉」的軍歌……諸如此類「動心忍性」的大任，皆因詩神寵錫而來。

好在這一個月的時光過得雖然不快，倒也不會很慢，像是「一眨眼似」地，當年仲秋之杪，我經分發「落」了部隊。

落部隊的過程十分曲折，先北上「待發」了六天，再搭火車南下高雄。一個禮拜之內，北上南下，坐車就佔了兩天，而「前路茫茫，好歹未卜」，新兵的我在這短暫一星期中，的確面對了人在未知狀況中對命運的依恃和對未來的惶恐，那種焦燥，那種無奈，在算到「還剩下六百五十二天」之際，更爲眞實！而這終究只是情緒，當放翁和稼軒的形像自臨睡的眼中昇起，當「宰相有權能割地，孤臣無力可回天」的悲憤自心底湧出，卑微如我，竟也肅然有誓爲國士之志。

因此從落部隊於小港起，我開始努力於詩、生命與歷史感的整合。就詩來說，我剛剛入門而堂府甚深，猶待刺探摸索；就生命而言，則是更爲沉潛的堂奧，我不足以語之；然則歷史感卻是一種血脈，透過眼睛和心跳，我感覺到了它的躍動！在粗糙的生命裏，我藉着它來從事詩的「冒險工作」——嘗試和冶鍊詩的可能領域；在澀苦的詩中，藉着它我琢磨生命的冷智和熱愛。執槍敬禮的同時，我也面對提筆奉獻的呼喚！

搬磚挑砂後，坐在石礫堆上，用起繭的手寫詩，和當年躲在書房中，憑空搬弄文字是不同的；汗流過頰邊，掉在猶見塵沙輕覆的紙上，把寫下的字弄扭了，和沏茶抽煙，小心地把漂亮的辭藻移植到稿紙上也是不一樣的——一切粗糙但是眞實的經驗，通過歷鍊，閃爍着它的微弱的亮光，一切華麗然而虛浮的泛想，面對生命的刀斧，竟是如此不堪一笑！所謂「生命寫史血寫詩」，坦蕩壯濶的七個字中，相伴的是何等眞實的沉悲鬱結。

在小港工地的軍伍生活大概有半年之久，拿圓鍬十字鎬的時間多於執槍，沉思的時候也多於提筆，但這段時間對我無疑是十分可貴的，從「草根十行」的「即使是再莽撞再劇烈的剷掘，我也會柔曲着體幹忍受」到「種籽十行」的「除非拒絕綠葉掩護／我才可以等待泥土爆破的心驚」，從屈與忍受轉而毅然面對一切錘擊治鍊，在個人的生命上，我感謝這段期間的考驗，而在個人從事詩創作的「長途競走」裏，這個經驗賦我以更高的鬪志和更執着的信念。

於是我萌生了寫作「臺灣史詩」的誓願。以詩紀史，其艱難尤倍於以文述史，正確而深入的史識首先是不可或缺的，然後關係到詩的創作，而此其間各種錯厄甚多，如何充實自我，預作基礎，乃成爲我首要的考慮，當時人在行伍，或與志氣相涉，有「十年研讀，十年創作」的豪語，以十年時間蒐集資料，探究史實，其實仍然嫌少；以十年心血潤筆創作，刮骨迫肌，又何嘗可以充裕爲之？如今看來，昔時豪語，眞是不够負責！然則這個「不够負責」的豪語，竟成爲我的擔子，在其後的軍旅生活中，它支持我潛心閱讀，認眞思考；而在如今的創作路途上，它成爲我的主要付託，詩於是不再止於「愛戀」而進於「忠實」的對象，今生今世，恐怕眞無以「解脫」了！

離開小港後，我隨部隊到燕巢受訓，三閱月日曬雨淋，南臺灣的夏天阻擋了詩的進途。日子忙碌緊張，每天清晨來回阿公店水庫慢跑，對山湖之氤氳，拓胸懷之鬱卒，白天循序以進的工兵訓練課程刺激而緊湊，夜裏在燈光亮遍的集合場上練正步，累繼之以疲！詩是無法負荷的，從而我將創作轉於散文和小論。小論可說是讀書心得，較易爲之；散文亦可直抒胸臆，不難進展。我利用課餘時間，或扒在上舖振筆疾書，或窩在熄燈後的蚊帳裏，憑藉昏黯的電筒「點字成文」，日子也就如此「如梭」去矣。

六十七年秋交初冬，部隊選擇雨夜風強，浩浩北上，移防桃園虎頭山，詩的創作於焉恢復。北上後，緣於地利，幸逢「感情的春天」，手舞之足蹈之，當然發而爲詩。其後轉至中壢龍岡，寫出「大進擊」和「別愁」兩首「中型詩作」，可以說是我行伍詩作的凝聚和高峯。當然，這些詩的原態殆爲「情詩」無疑，而其幅射，則從小我情愛照映到家國之思，套句宋儒「術語」，大概就是「以男女象君臣」吧。

服役最後三個月，我在苗栗山中一個昔名「石馬店」的小地方「待退」。這時我的散文集「流浪樹」已由高雄德馨室出版，詩集「銀杏的仰望」亦由臺北故鄉出版社再版，舊作重印而新作「出爐」，一下子整個人感到十分「蒼白」，似乎是才盡於此了，又似乎剛剛接觸到文學模糊的輪廓，然則倒不惶恐，只是覺得自己需要反省，需要儲備，於是動筆不久的詩暫時停輟，連散文、雜論也一概刹了車。而石馬店的風景是好的，在深山裏，茶香中，我和幾位弟兄住在一棟租來的廢屋裏，開軒面羣山，辦公桌就在神案底下，抽屜藏着「離騷」和「文心雕龍」。辦完公就看看書，有時和弟兄到人家池塘裏「摸」魚，摸到了撿條大的煮，小的送回塘裏去，要不就把網張到樹上，等鳥們自投羅網……種種「山中玩藝」，倒也頗能消遣時光，到了禮拜六下午，看看電視，刻刻印章，把詩都還給了天與地。

然後退伍了，緊接着北上謀職。詩的創作則起意於參加時報文學獎敍事詩部份的甄選，開始於正式上班的第一個夜晚，在已不再是不憂衣食的學生的身份下，我寫下「霧社」兩個字，感覺的不只是五十年前一場驚天駭地的抗暴血淚，也彷彿昔時在校的華岡風雨都重回心中，那種對詩之純粹的追求、對生命之不屈的抗擷，潤濕了我的眼眸，而一條泥濘但嚴肅的詩的路途從此要展開了。

這本詩集所記錄下的，便是這三年來我在詩的路上再摸索的過程，尤其集中於近兩年軍伍經驗的反射。從丁巳年驚蟄易三寒暑至於執筆爲跋的今晚——同樣驚蟄，而序已庚申，在詩的摸索中我踏出了哪些脚步？從「銀杏的仰望」而「流浪樹」到今天這本詩集「種籽」的即將落地，我是不是已找到生根的「領土」？應瑒文質論所慨乎言之的：「恆遺恨以終篇，豈懷盈而自足？」正是我內心最適確的感覺，恐怕也是所有文學工作者常懷於心的憾恨吧！

但無論如何，詩更是一種「念天地之悠悠，獨愴然而涕下」的心靈照應。在缺憾不足中努力達成不可能的圓滿，詩於是乎在。舉世滔滔，詩的口語化、社會化，甚至於載道化，終不可能脫離其本身俱足的世界，畢竟詩是「自我營建」的工作，長江不廢萬古流，各種刺探，試驗是必須的，然而如非從「詩」之立場出發，怕亦枉然！一首反映民生、「爲民喉舌」的詩，如其眞能「大庇天下俱歡顏」，有何不可？相對的，一首放誕自任、「獨抒其樂」的詩，如其眞能「與爾同銷萬古愁」，又有何不可？——詩不是一條巷子走出來的，置諸廣濶的天地，則激水亂石式的論辯大可不必矣。

就本集而言，如我的努力已有「領土」可言，亦應作如是觀。蕭蕭在「悲與喜交集的新律詩——論向陽」（見滄海叢刊「燈下燈」一一九——一三八頁，東大圖書公司出版）一文中曾直指我「是一個詩的形式的堅持者」，基本上是持平之論。以十行詩的「詩分二段各五行」之行數固定，及方言詩在語言（尤其詩語言）上的刺探和實驗來看，這數年來我的努力，幾乎是集中於形式的建立上的。然則這種形式的堅持乃從創作之需要來：可以約簡於十行者，自無需以十三四行處理之；不得不以方言出之者，代之爲國語則怕風味舛失。在這種「自然的約制」下，我遂不得不成爲一個詩形式的堅持者了。而這種「堅持」，應屬於階段性的努力，這塊「領土」也斷非「無疆之庥」，如其眞能「帶來一種新的詩體的產生」，應屬這一時代詩人及其努力者所共有，而從這塊「領土」出發，中國現代詩的大成不過剛剛開始。

於我，則此更是一條泥濘之途的起步，正猶如這本集子之名爲「種籽」，距離開花結果仍有一大段距離，仍需我賦以最大決心和不畏險阻的毅力！十年的摸索、掙扎不過是「銀杏的仰望」那樣稚嫩脆弱的面顏，再加上近三年的衝刺和努力，也無非是一粒「種籽」之猶有待於紮植、拓延的形像，此我所悲者；但如果種籽不死，通過風雨和冷硬的礫壤，我深信這段尋訪土地的射程，必將自寒酷裏瞿然立起一股熱，也必將在鬱黑中冷然迸放一線光！而這便是做爲一個詩的創作者，我所足引爲傲的喜樂了！

在如此心情下我再回過頭來面對這本「種籽」，除了驚訝於三年來這一段流浪歷程中自己飄蕩尋訪的艱苦外，同時也自覺無愧於詩，無負三年來的執着和愛情！翻開燕巢寫下的「座右」（本書代序），面對文學，我所願所求的生命年輪至少已呈現出來；面對歷史的榮辱和人間的喜悲，我所自勵自責的，雖仍路途迢遙，但一步一步踏過去，我自信能印證出苦難中國的血跡與淚痕！

從而此書五輯也就各別顯現了它們的意義。輯一「暗中的玫瑰」屬於詩形式的另一探求和醞釀，除了原來句數的相當外，我也嘗試「現代詩一忌」之「齊頭齊脚」的可能。每首詩各分四段，段分四行，除「歲月跟著」十字一行外，其他各詩皆以十一字斷行，而以音節長短（短則一字，長至四字）爲外在節奏，其形式看似僵硬，而其韻律則衍生不絕；部份詩作又嘗試現代詩之另一忌——押韻，如「竹之詞」、「從冬天的手裏」以國音「ㄤ韻」終，「夜過小站聞雨」、「歲月跟著」之輪段換韻，凡此皆在試求現代詩誦讀吟詠的可能，其成績如何，有待時間責成，固不論也；而在如此「固定」形式中，內容或詠物、或言志、或抒情、或敍理，似亦可證明枷鎖之中非無舞踊之可能吧！輯二「愛貞篇」可說是個人情愛的付託，然則通過詩，我也努力去幅射家國之愛，詩起於「瀑布十分」，純粹是個人情愛的抒說，結於「愛貞」，則可象及於對鄉土之愛與對家國之貞，雖然其初純爲兒女私情。另可誌者，本輯情詩之吟詠對象與我之初識，緣於伊爲我自費出版「銀杏的仰望」預約之第一人，初則通信，迨我服役次年北上桃園後始相會面，而十分寮瀑布乃第一次出遊地，不能不記之。輯三「種籽十行」仍延續前期十行詩之基本精神，另在比興之外、試求「賦」於小詩的可能，而因前後期不同，其表態或有小異，基型則一。十行小詩，我意以三百首，做各類形式內容之變化而後止，至此輯總計則不過五十一首，距離目標仍然甚遠，也可見在固定形式中尋求內容變易的困難了。輯四「大進擊」包括「中型詩」四首，長詩一首，或抒情，或敍事，或雜敍雜議，其詞放淡而其情取眞，其句從舒而其境求密，是否力能爲之，固不計也。「仰望的旗幟」爲大學時期參加「大專院校新詩創作獎」第一名作品，也是我首次嘗試「中型詩」的創作，爰按年序，置之篇首，姑爲紀念；輯末長詩「霧社」，爲時報文學獎甄選敍事詩優等獎作品，亦爲我從事「臺灣史詩」此一計劃之前的試驗作品，寫時曾以舞臺歌劇之演出爲本，唯我不諳戲劇，不知是否可行？輯五「鄉里記事」則爲延續「家譜」之系列作品，全輯寫畢於六十六年初秋，入伍前夕，其時正爲「鄉土文學論戰」晉入高峯之際，我在溪頭家中，與世無所爭、純粹以鄉情憶念爲創作宗旨，乃能順利完篇，後來我因輯中之「百姓篇」與「不肖篇」獲第六屆吳濁流新詩獎，在得獎感言中也曾追溯這種心情：「憑愛心我嘗試寫親情倫理的悲中至愛，以冷靜我審視鄉野人物的愚而不昧。淚語說歡喜，笑聲聞苦悲。……彷彿筆下人物，又鮮活地回到我周圍，他們的笑鬧怨哭，皆一樣從人間的喜悲來……」（見「人間的喜悲」，收入散文集「流浪樹」）在如此心境中，我原欲接著發展「都市素描」系列作品的，然以入伍後時間較少，思考亦難週全，加上如此發展下去，勢將形成「以題材決定詩之表現」的可能缺憾，遂作罷。而本輯詩作之易於引起爭論，大半厥在語言操作上，辯不勝辯，不妨抄段唐朝蘇州詩人顧況的方言詩作證：「囝生閩方，閩吏得之，乃絕其陽。爲臧爲獲，致金滿屋；爲髡爲鉗，如視草木。天道無知，我罹其毒；神道無知，彼受其福。郎罷別囝，吾悔生汝。及汝既生，人勸不舉。不從人言，果獲是苦。囝別郎罷，心摧血下，隔地絕天，及至黃泉，不得在郎罷前。（原註：囝音蹇；閩俗呼子爲囝，父爲郎罷。）」以閩人方言，狀閩悲慘事，其眞情益切，可知部份創作，爲求全然統一，有不得不然也。當然此中也有眞知詩者，如蕭蕭在「悲與喜交集的新律詩」一文中對方言詩之發展有頗深入的見解，而張漢良更能獨排詩語言之障礙，直入於詩作表現技巧之探討（見「現代詩導讀」第三冊二七六——二七八頁，故鄉出版社出版），這是令一個以嚴肅之心從事創作的寫詩人感激的。又，本輯詩作發表時較零散，誤會自亦難免，現在都爲一輯，或可稍釋不解之見才是。

然則這些無非是在詩的路途上，我尋求紮根繁殖的土地之各種試探罷了！這三個春秋以來，時斷時續而始終堅持的創作生活，也無非是求其眞正成爲一粒「種籽」的射程，以悲我試圖將生命融入於文學，人性和歷史的方位上，而覺其艱厄倍常，以喜我畢竟在摸索和飄蕩中，尋索到了一片可以紮根繁殖的土地。這本詩集「種籽」如其眞能有所啟示於讀者，大概就在於詩篇中暗浮的人間摯愛上，而如其眞能爲中國現代詩壇有所貢獻，恐怕也止於形式的刺探和精神的慰安吧！

感謝所有曾在我的創作路途上，鼓勵我、啟發我、幫助我及批評我的師長、前輩和朋友們！也感謝三民書局和爲這本詩集費心的好友文欽。

庚申驚蟄・午夜臺北

滄海叢刊已刊行書目(三)

書名	作者	類別
寫作是藝術	張秀亞	文學
孟武自選文集	薩孟武	文學
歷史圈外	朱桂	文學
小說創作論	羅盤	文學
往日旋律	幼柏	文學
現實的探索	陳銘磻編	文學
金排附	鍾延豪	文學
放鷹	吳錦發	文學
黃巢殺人八百萬	宋澤萊	文學
燈下燈	蕭蕭	文學
陽關千唱	陳煌	文學
種籽	向陽	文學
泥土的香味	彭瑞金	文學
無緣廟	陳艷秋	文學
鄉事	林清玄	文學
韓非子析論	謝雲飛	中國文學
陶淵明評論	李辰冬	中國文學
文學新論	李辰冬	中國文學
離騷九歌九章淺釋	繆天華	中國文學
累盧聲氣集	姜超嶽	中國文學
苕華詞與人間詞話述評	王宗樂	中國文學
杜甫作品繫年	李辰冬	中國文學
元曲六大家	應裕康 王忠林	中國文學
林下生涯	姜超嶽	中國文學
詩經研讀指導	裴普賢	中國文學
莊子及其文學	黃錦鋐	中國文學

滄海叢刊已刊行書目(四)

書名	作者	類別
清眞詞研究	王支洪	中國文學
宋儒風範	董金裕	中國文學
紅樓夢的文學價值	羅盤	中國文學
中國文學鑑賞舉隅	黃慶萱 許家鸞	中國文學
浮士德研究	李辰冬譯	西洋文學
蘇忍尼辛選集	劉安雲譯	西洋文學
文學欣賞的靈魂	劉述先	西洋文學
音樂人生	黃友棣	音樂
音樂與我	趙琴	音樂
爐邊閒話	李抱忱	音樂
琴臺碎語	黃友棣	音樂
音樂隨筆	趙琴	音樂
樂林蓽露	黃友棣	音樂
樂谷鳴泉	黃友棣	音樂
水彩技巧與創作	劉其偉	美術
繪畫隨筆	陳景容	美術
都市計劃概論	王紀鯤	建築
建築設計方法	陳政雄	建築
建築基本畫	陳榮美 楊麗黛	建築
中國的建築藝術	張紹載	建築
現代工藝概論	張長傑	雕刻
藤竹工	張長傑	雕刻
戲劇藝術之發展及其原理	趙如琳	戲劇
戲劇編寫法	方寸	戲劇

滄海叢刊已刊行書目(二)

書名	作者	類別
世界局勢與中國文化	錢穆	社會
國家論	薩孟武譯	社會
紅樓夢與中國舊家庭	薩孟武	社會
財經文存	王作榮	經濟
財經時論	楊道淮	經濟
中國歷代政治得失	錢穆	政治
憲法論集	林紀東	法律
黃帝	錢穆	歷史
歷史與人物	吳相湘	歷史
歷史與文化論叢	錢穆	歷史
中國歷史精神	錢穆	史學
中國文字學	潘重規	語言
中國聲韻學	潘重規 陳紹棠	語言
文學與音律	謝雲飛	語言
還鄉夢的幻滅	賴景瑚	文學
葫蘆·再見	鄭明娳	文學
大地之歌	大地詩社	文學
青春	葉蟬貞	文學
比較文學的墾拓在臺灣	古添洪 陳慧樺	文學
從比較神話到文學	古添洪 陳慧樺	文學
牧場的情思	張媛媛	文學
萍踪憶語	賴景瑚	文學
讀書與生活	琦君	文學
中西文學關係研究	王潤華	文學
文開隨筆	糜文開	文學
知識之劍	陳鼎環	文學
野草詞	韋瀚章	文學
現代散文欣賞	鄭明娳	文學
藍天白雲集	梁容若	文學

滄海叢刊已刊行書目(一)

書名	作者	類別
中國學術思想史論叢(一)(二)(三)(四)(五)(六)(七)(八)	錢穆	國學
兩漢經學今古文平議	錢穆	國學
中西兩百位哲學家	鄔昆如 黎建球	哲學
比較哲學與文化	吳森	哲學
比較哲學與文化(二)	吳森	哲學
文化哲學講錄(一)	鄔昆如	哲學
哲學淺論	張康譯	哲學
哲學十大問題	鄔昆如	哲學
孔學漫談	余家菊	中國哲學
中庸誠的哲學	吳怡	中國哲學
哲學演講錄	吳怡	中國哲學
墨家的哲學方法	鍾友聯	中國哲學
韓非子哲學	王邦雄	中國哲學
墨家哲學	蔡仁厚	中國哲學
希臘哲學趣談	鄔昆如	西洋哲學
中世哲學趣談	鄔昆如	西洋哲學
近代哲學趣談	鄔昆如	西洋哲學
現代哲學趣談	鄔昆如	西洋哲學
佛學研究	周中一	佛學
佛學論著	周中一	佛學
禪話	周中一	佛學
公案禪語	吳怡	佛學
不疑不懼	王洪鈞	教育
文化與教育	錢穆	教育
教育叢談	上官業佑	教育
印度文化十八篇	糜文開	社會
清代科學	劉兆璸	社會